Zurück nach Kilimatinde

Hermann Schulz

Zurück nach Kilimatinde

CARLSEN

Inhalt

Vielleicht sehen wir uns später 7
Verpatzter Liebesabend 21
Ohne meine Mutter 32
Kein Mensch hat mich so verzaubert 39
Verratene Nacht 52
Danke, Mr Haferkamp! 57
Wenn der Mond aufgeht 64
An einer silbernen Kette 82
Ort der schönen Vögel 94
Im Haus meines Vaters 116
Der Steuermann 130
Im Männerbad 139
Du kleiner mieser Wichser 148
Dann ertränkt er mich wie ein Kätzchen 157
Von den Propheten Afrikas 170
Wie ein Panther aus dem Dunkel 179
Der macht mich fertig, der Alte 198
Das Gleichnis von der Motorpumpe 202
Bis an mein selig Ende 215
Gnade zu meiner Reise 222
Flammen hinter den Akazien 228

Vielleicht sehen wir uns später

Der Eingang zur Boxarena wirkte auf Nick Geldermann großartig und lächerlich zugleich. Die Frontseite war ausgeschmückt mit viel Flitter, rosigen Bildern von Bizepsen an starken Armen, bleichen Putten und martialischen Männergesichtern, dahinter das rechteckige Ungetüm des Zeltes. Am Rande des Carnaper Platzes hatte man es aufgerichtet, etwas abseits von Schieß- und Verkaufsständen, Achterbahn und einem Riesenrad. Auf den Eingangsstufen posierten gleichaltrige junge Kerle mit ihren Mädchen und ließen sich vom kühlen Nieselregen nicht vertreiben. Nick sah auch seriöse Ehepaare bis hin zum Rentenalter vor der Kasse, deren Zuschnitt an einen Beichtstuhl erinnerte. Aus dem Innern des Zeltes hörte er das heisere Geschrei eines Mannes, er sagte den nächsten Kampf an.

Nick hätte gern einen Presseausweis vorgezeigt, aber daran hatte bei der *Rundschau* niemand gedacht, als man ihn in die Boxarena schickte. Er zahlte drei Euro und schob sich durch die Menge. Im Innern des Zeltes standen die Zuschauer auf Kies und zertrampeltem Gras, inmitten von weggeworfenen Dosen, nassen Kippen und Papptellern mit Ketchupresten. Es roch nach Schweiß und Zigarettenqualm. Von der Zeltplane tropfte es, die Geräusche des Regens gingen im allgemeinen Lärm unter.

Die Regeln waren allseits bekannt: Boxer des Veranstalters gegen Herausforderer aus dem Publikum. Nick hatte schnell heraus, wie hier der Hase lief. Die Männer, die sich zu den ersten Kämpfen meldeten, kamen nur scheinbar aus dem Publikum; sie waren schlecht getarnte Angestellte der Veranstalter. Jeder Kampf war abgekartet, damit überhaupt Kämpfe zustande kamen. Weil sich kaum jemand aus dem Publikum für die vage Hoffnung auf die K.-o.-Prämie vermöbeln lassen wollte. Oder die Ehefrauen erlaubten es nicht. Ein paar Angetrunkene meldeten sich lautstark, um sich als Kämpfer zu beweisen. Sie wurden abgewiesen.

Im Hauptkampf ging es um die Prämie von eintausend Euro, er wurde mit Getöse und einem Gladiatorenmarsch aus einem Lautsprecher angekündigt.

Da ging ein Raunen durch die Menge. Ein älterer Mann mit Schirmmütze bahnte sich den Weg durch die Zuschauer, einen jungen Riesen im Schlepptau. Er zog ihn am Jackenärmel hinter sich her. Dann stellte er sich mit erhobenem Arm an den Ring. Der Mann am Mikrofon geriet für einen Augenblick aus dem Konzept, fand aber geschickt den richtigen Ton wieder.

»Hier meldet sich ein tapferer Mitbürger, verehrte Damen und Herren! Einer aus Ihren Reihen. Ich bin sicher, gegen dieses Bild von einem Mann wird unser Spitzenkämpfer, die Fränkische Eiche Kaminski-Nürnberg, einen schweren Stand haben. Willkommen im Ring!« Er wies mit einer weit ausladenden Geste auf den Bewerber, der jetzt das Oberhemd auszog und seine Schultern lockerte. Der Mann mit der Schirmmütze redete leise auf ihn ein, während die Boxhandschuhe gebunden wurden.

Das Zeltdach hob und senkte sich von einem leichten Wind, draußen plärrten die Schlager dieses Frühjahrs und das Gebimmel der Achterbahn wild durcheinander. Nick versuchte, sich in die Nähe des Herausforderers zu drängen. Im Ring wartete schon der Spitzenkämpfer des Veranstalters und wärmte sich mit Luftschlägen auf. Ein gut gebauter Dreißigjähriger, blond, mit kurz geschnittenen Haaren. Sein Gesicht hatte etwas Sanftes, keine Spuren von vielen Schlägen wie bei den Kämpfern, die bisher zu sehen gewesen waren. Nick hatte den Ring erreicht, stand neben dem Herausforderer. Er schätzte die Kontrahenten ab; diesmal würde es einen echten Kampf geben, kein abgekartetes Spiel.

»Das wird für Ihren Mann kein leichter Fight«, sagte er zum älteren der beiden Männer. »Sind Sie sein Trainer?«

Der Mann sah ihn an, bemerkte den Notizblock in Nicks Hand. »Ich bin sein Vater und Trainer. Er wird hier beweisen, was er kann! Da kriegen Sie was zu schreiben!«

Der Jüngere sagte nichts, tänzelte auf dem nassen Rasen und trommelte seine Handschuhe gegeneinander.

»Das wird kein Spaziergang. Die von der Bude hier sind ausgebuffte Jungs«, wiederholte Nick. »Sind Sie von hier? Aus dieser Stadt?«

Der Ältere nickte und dozierte eifrig: »Mein Rudi wird gleich zeigen, was er von mir gelernt hat. Ich war früher selbst Boxer, stand 1982 schon mit einem Bein im Profilager. Bis der Unfall dazwischenkam. Scheiße. Darüber sollten Sie mal schreiben …!«

Der Herausforderer war höchstens zwanzig Jahre alt und einen halben Kopf größer als sein Vater. Er wirkte konzentriert und entschlossen. Nick sprach ihn nicht an. Boxer vor dem Kampf störte man nicht durch Fragerei. Der Vater war aufgeregter als der Sohn, sein Gesicht zuckte nervös. Jetzt wandte er sich von Nick ab und redete leise auf seinen Jungen ein.

»Lass ihn ruhig kommen. Der tut dir nicht viel, und dann … du weißt schon! Warte bis zur dritten Runde, hörst du? Verausgab dich nicht, Rudi! Er soll sich sicher fühlen, dann bist du dran! Voll aufs Zifferblatt! Denk an die Deckung, dann kann dir nichts passieren. Vertrau auf das, was du bei mir gelernt hast.«

Der Kampfrichter stellte sich in die Mitte des Rings und hob beide Hände. Der Herausforderer kletterte durch die Seile und tänzelte auf ihn zu. Die Gegner wurden zum fairen Kampf ermahnt. Dann gingen sie in eine Boxerstellung und reichten sich vor dem ersten Gong sportlich die Fäuste.

»Der Kampf geht über drei Runden«, schrie der Kampfrichter ins Mikrofon. »Wenn es dem Herausforderer gelingt, unseren Mann k.o. zu schlagen oder zur Aufgabe zu zwingen, zahlen wir ihm eintausend Euro. Bar auf die Hand und steuerfrei!«

Applaus brandete auf, das Publikum war wach geworden und ging mit.

»Wer bist du? Für wen arbeitest du?«

Nick drehte sich um. Sie trug eine schwarze Jeansjacke, dazu enge graue Hosen. Am Hals sah Nick ein rotes T-Shirt. Sie hatte kurze dunkle Haare und war nur wenig kleiner als er. Nick schätzte sie auf über zwanzig. In der Hand hielt sie ein kleines Aufnahmegerät. Nick lächelte sie an.

»Nick. Ich bin hier für einen Probeartikel, ich will zur *Rundschau*«, sagte er und versuchte, seine Unsicherheit zu verbergen. »Und du?«

»Ich heiße Valerie. *Privatsender*«, sagte sie. Und schon mit den Blicken beim Geschehen in der Arena: »Vielleicht sehen wir uns später.« Sie wandte sich ab und bahnte sich einen Weg zur anderen Seite des Rings. Dort suchte sie die für sie beste Position und war schon ganz auf den beginnenden Kampf konzentriert.

Der Herausforderer machte eine gute Figur, auch wenn Nick fand, dass ein Boxer in langer Hose mit Bügelfalte einen etwas lächerlichen Eindruck machte. Der Vater stand mit fiebernden Augen am Ring und verfolgte jede Bewegung der beiden Kämpfer. Seine Schultern und Fäuste zuckten. Er schwatzte leise vor sich hin, Nick verstand nichts davon.

Nach der ersten Runde sah Nick, dass der Herausforderer keine Chance hatte. Er war stärker und technisch besser als sein Gegner, aber nicht so gerissen. Er schlug gut und benutzte geschickt seine Deckung, aber er brachte seine starke Linke nicht durch, die Cuts wurden abgeblockt. In der zweiten Runde war klar, dass der Matador ihn schonte, ihn ins Leere laufen ließ. Er täuschte zweimal vor, schwer getroffen zu sein, und ließ sich, auf dem Ringboden hockend, anzählen. Nick stand so nahe am Ring, dass er sein gelangweiltes Gesicht genau sehen konnte. Die Menge brüllte vor Begeisterung, der Vater des Herausforderers schien den Atem anzuhalten. Aber dann boxte der Mann weiter, wirkte keineswegs angeschlagen. Er wollte bloß die Stimmung aufheizen.

Mitten in der zweiten Runde begann in der vorderen Reihe eine hagere kleine Frau zu lärmen. Sie schrie in das Getümmel hinein, drohte mit Fäusten, war außer sich. Sie riss Gras aus, warf es schimpfend in den Ring und wirbelte mit ihrer Handtasche um sich. Nick trat näher heran und sah jetzt ihr von Wut verzerrtes Gesicht. Die Frau suchte auf dem Boden, um noch etwas zu finden, das sie werfen könnte. Schließlich riss sie eine Geranie aus dem Blumenschmuck und warf die Pflanze mitsamt der Erde in den Ring. Der Ringrichter unterbrach den Kampf, stieß ärgerlich mit dem Fuß Blume und Erdbrocken über den Rand der Arena, ließ sich das Mikrofon geben und ermahnte das Publikum zu Anstand und »äußerster Fairness«.

»Schwindel!«, schrie die Frau. »Das ist doch alles Schiebung hier!«

»Bei uns wird jeder Kampf nach den internationalen Regeln des Boxsportes ausgetragen, gnädige Frau«, erwiderte der Schiedsrichter. »Ich bitte Sie, mich nicht zu zwingen, Sie aus unserer Kampfsportarena entfernen zu lassen.«

Die Frau, der die grauen Haare wild um den Kopf standen, vergriff sich zwar nicht an anderen Blumen, krakeelte aber fortwährend im Publikum herum. Der Kampf ging weiter.

Nick versuchte, ihr ein paar Fragen zu stellen. Sie sah ihn giftig an.

»Alles Schwindel. Das wäre mal ein Thema für Sie. Aber ihr Zeitungsschmierer seid ja auch nicht besser als diese Scheiße hier«, giftete sie und tat, als würde sie auf seinen Notizblock spucken. Dann drängte sie zum Ausgang.

Zu Beginn der dritten Runde gab der junge Herausforderer plötzlich auf. Sein Vater stand mit versteinertem Gesicht am Ring und fingerte zittrig an seiner Zigarettenpackung. Nick, der sich wieder nach vorne geschoben hatte, beobachtete ihn.

Die Gegner reichten sich die Hände, der Ringrichter erklärte den Matador zum Sieger durch Aufgabe.

»Trotzdem dreihundert Euro freiwillig«, rief er ins Publikum und hielt die Rechte des Herausforderers hoch, »weil dieser Bürger Ihrer Stadt – gegen die Fränkische Eiche – so lange tapfer – und mit großartigem Können – durchgehalten hat! Alle Achtung, mein Herr! Wir sind hier in einer Heldenstadt!«

Das Publikum war außer sich vor Begeisterung. Für den Vater des Kämpfers war das kein Trost. Verächtlich, das Gesicht halb abgewendet, reichte er seinem Sohn das Hemd. Nick sah, wie Valerie auf der anderen Seite des Rings ihr Mikrofon in die Luft hielt und den Tonpegel ihres Gerätes nicht aus den Augen ließ.

Nick fuhr mit dem Bus nach Wülfrath zurück. Am Flehenberg hatten Rosen und Flieder in den Vorgärten unter dem Dauerregen gelitten; die ersten Straßenlaternen flackerten auf. Kein Licht im Haus seiner Mutter, sie war offensichtlich ausgegangen. Im Flur hing schwer ihr Parfum in der Luft. Zufrieden verzog Nick sich in sein Zimmer unter dem Dach, schaltete den Computer ein und schrieb seinen Artikel über den Kampf. Er feilte bis nach Mitternacht an seinem Text und war ziemlich sicher, dass der Chef der *Rundschau* ihn nehmen würde.

Ein Praktikum von zwei Wochen war Pflicht in der zwölften Klasse des St. Anna-Gymnasiums, das er seit einem halben Jahr besuchte. Jedem Schüler war der Berufszweig freigestellt. Nick war ohne lange zu überlegen in die Redaktion der *Rundschau* gegangen, hatte nach dem Chef gefragt und sich um das Praktikum beworben. Der Mann hatte ihn, ein wenig gelangweilt, in die Boxbude geschickt; darüber solle er schreiben. Dann werde man weitersehen.

»Diese Art Volksvergnügen«, hatte er beim Hinausgehen gemurmelt, »gibt es nur noch hier bei uns, also bringen wir etwas darüber. Bevor der allmächtige Zeitgeist auch das wegradiert ...«

Am nächsten Morgen betrat Nick mit dem fertigen Artikel in einer Klarsichtfolie in der Hand das Pressehaus. Eine Wand des Foyers, dem Empfang gegenüber, war von der Decke bis zum Boden mit einem Spiegel bedeckt. Nick musste warten, saß auf einem der schwarzen ledernen Besuchersessel und blätterte in zerfledderten alten Zeitschriften, immer sein eigenes Spiegelbild in Lebensgröße vor sich, wenn er aufblickte. Dann kam der Chef durch die Eingangspforte. Er schien sich an ihr Gespräch vom Vortage nicht zu erinnern. Nick war enttäuscht, weil der zerstreute Mann ihn zwang, ihm von ihrer gestrigen Absprache zu erzählen.

»Ach ja, richtig. Kommen Sie mit«, sagte er schließlich.

Der Mann zog ihn in sein Büro, wies wortlos auf einen Stuhl, nahm das Manuskript und las, offensichtlich sorgfältig und mit unbewegtem Gesicht. Dann sah er Nick an.

»Das ist ja nicht schlecht, aber drucken kann man so was nicht«, sagte er leise und konzentriert. »Wenn ich Sie zum Boxen schicke, müssen Sie übers Boxen schreiben, nichts von hysterischen Frauen, von kaputten Vätern und Söhnen und der freudlosen Atmosphäre. Wer will denn das lesen? Außerdem verstehen Sie nicht genug vom Boxen! Aber das kommt schon noch. … Sie können das Praktikum bei uns machen. Gehen Sie zu Pitt, er soll sich um Sie kümmern.« Dann griff er zum Telefon.

Nick fragte die Sekretärin nach Pitt. Er bekam am gleichen Tag einen Schreibtisch in der Redaktion und sortierte Artikel in die Archivordner.

Pitt Peters bot ihm sofort das Du an, zeigte ihm Fotos seiner fünf Kinder und lud ihn ein, jeden Donnerstag mit ihm und allen aus der Redaktion in der Gaststätte *Söhn* Darts zu spielen.

»So lernt man sich besser kennen. Das Leben ist ja nicht nur Arbeit, oder?«, sagte er. »Hat sich so eingebürgert wie ein Stammtisch. Das macht echt Spaß.«

Gegen vier Uhr rief ein Redakteur durch den Raum: »Heißt du zufällig Nick oder so ähnlich? Telefon!«

Es war Valerie, die Redakteurin vom Funk. Sie verabredeten sich im *Katzengold* in der Luisenstraße.

Kurz vor zehn Uhr, nach ein paar gemeinsamen Bieren und Calvados, forderte sie ihn auf, mit ihr aus dem lauten Lokal auf die Straße zu kommen. Sie zog ein winziges Transistorradio aus der Tasche und gemeinsam hörten sie ihre Vierminutensendung über den Boxkampf. Valerie war zufrieden mit ihrer Arbeit (Nick war begeistert) und gab ihm einen Kuss auf die Wange. Dabei blieb es an diesem Abend nicht, denn er verpasste den letzten Bus nach Wülfrath. Sie nahm ihn mit in ihre Wohnung.

In den zwei Wochen seines Praktikums bei der *Rundschau* sahen sie sich beinahe täglich.

Pitt Peters war es, der ihm an seinem letzten Tag vorschlug, bei ihnen anzufangen.

»Du musst das natürlich selber wissen. Schule oder Zeitung. Garantie auf eine große Karriere kann dir hier keiner geben.«

Da brannte es zwischen Valerie und Nick schon heftig, und das Angebot der *Rundschau* war für ihn ein Wink des Himmels. Endlich konnte er eigenes Geld verdienen, eine eigene Wohnung suchen. Die unerwartete Chance empfand er so, als sei endlich eine Türe zur Zukunft aufgeflogen. Er fühlte Befriedigung, aber die Angst vor diesem Schritt saß ihm trotzdem im Nacken. In seiner Verwirrung traf er dann einfach die Entscheidung und sagte zu.

Seine Mutter bekam fast einen Nervenzusammenbruch, als er ihr sagte, er würde die Schule verlassen und zwei Jahre bei der *Rundschau* volontieren.

»Gegen ein kleines Gehalt. Mit Aussicht auf eine feste Anstellung«, fügte er hinzu, um sie zu beruhigen.

»Und dann?« Mit zitternden Lippen und Verächtlichkeit und Hohn im Blick sah sie ihn an. »Du machst die Schule zu Ende! Keine Widerrede! Du kannst jetzt nicht mehr machen, was du willst! Hast wohl schon vergessen, dass sie dich hier vom Gymnasium gefeuert haben? Deine penetrante Frechheit! Statt zu lernen deine ewigen Weibergeschichten! Nein, mein Herr Sohn! Nur über meine Leiche! Würde mich nicht wundern, wenn wieder irgendeine Schlampe dahinter steckt!«

Der Streit zog sich über zwei, drei Tage hin. Sie lenkte scheinbar ein, um aber jedes Mal neue Bedenken aufzutischen.

»Eines Tages stehst du hier und bettelst uns an. Ohne Abschluss, wer will dich denn dann noch? Glaub ja nicht, du würdest später von uns einen Pfennig kriegen! Wenn du jetzt gehst, ist das deine Sache. Und auch noch zu einem Anzeigenblatt … Der richtige Platz für Versager. Na, kein Wunder …« Sie ließ offen, was sie damit meinte.

Wenn ich mich mit ihr über Grundsätzliches streite, dachte Nick, ist der Spielraum sehr eng und ihre Sprache zieht sich auf ausgeleierte Formeln zurück. Dabei ging es ihm selbst nicht viel anders. Sie waren ein eingespieltes Team in ihrer zänkischen Beziehung.

In jeder Familie, die er kannte, würde die Mutter irgendwann auftrumpfen: *Dein Vater wird dir etwas anderes sagen. Was hinter die Ohren wird er dir geben!* ... Aber sie hatte seinen Vater nur noch selten erwähnt, seit sie mit Walter Grünenberg verheiratet war. Sie konnte ihn jetzt schlecht wie einen Knüppel hervorziehen. Es hätte ihn auch nicht mehr beeindruckt als ihr Gezeter; jede Elternwaffe wurde irgendwann einmal stumpf. Wenn sie das nur endlich selbst begreifen würde. Warum war sie nicht zufrieden, dass sie ihn loswurde? Sie war nicht gerade vernarrt in ihn, da machte er sich keine Illusionen.

Dieser Job ist die Chance meines Lebens, machte er sich Mut (Vielleicht die Eselei meines Lebens!). Innerlich zitterte er vor den Folgen seiner spontanen Entscheidung, vor dem unbekannten Meer, auf das er hinausfuhr. Er fühlte sich durchaus nicht so sicher, wie er seiner Mutter vorspielte. Im Grunde hatte er seinen Entschluss willkürlich getroffen, ohne feste Vorstellungen von dem, was daraus werden sollte. Aber je länger sie diskutierten, umso mehr verbaute er sich die Möglichkeit zum Rückzug. Vielleicht mache ich das alles tatsächlich nur wegen Valerie, dachte er. In ihrem Beruf zu arbeiten, das war etwas! Warum nicht? Wenigstens ein konkreter Grund! Noch ein paar Jahre hier zwischen den biederen Villen am Flehenberg und der sinnlosen Schule und ich bin reif für den Kopfschuss, dachte er.

Die Vorwürfe, die seine Mutter vorbrachte, kannte er selbst vielleicht besser als sie. Du bist ein Spieler, sagte er sich in versteckter Sorge und Ängstlichkeit. Solche Gedanken schlugen manchmal bei ihm bis auf den Boden durch.

Du bist einer, der sein Risiko nicht kalkuliert; der auch sonst noch eine Menge Fragwürdigkeiten in sich trägt, über die er mit niemandem spricht. Vielleicht sogar tatsächlich ein Versager?

Valerie ahnte, was ihn ängstigte. Aber sie drängte nie, wenn er nicht sprechen wollte. Und hatte nie diesen verächtlichen Ausdruck um den Mund, den er von seiner Mutter kannte und der ihn fertig machte und in seine einsame Ecke stellte.

Nick wurde störrisch, als ihm die Argumente ausgingen.

»Sei froh, dass du einen Fresser weniger am Tisch hast«, ging er in die Offensive.

»Denk doch mal nach«, fuhr die Mutter, jetzt ruhiger, fort, ohne auf seine Bemerkung einzugehen. »Mach dein Abitur, studiere meinetwegen, das Geld dazu bringen Walter und ich auf. Wie für deine Schwestern auch. Dann kannst du immer noch Journalist werden, wenn du unbedingt willst; dann hast du eine stabile Basis und ganz andere Zukunftschancen. Ein Journalist, der nichts studiert und keine Ahnung hat …!« Sie hob verächtlich ihr Kinn. »Jede anspruchsvollere Redaktion wird sich bedanken … Oder willst du ewig bei einem Anzeigenblatt bleiben und über Kaffeekränzchen berichten? … Hättest du nur nicht dieses dämliche Praktikum bei den Zeitungsfritzen gemacht … Die haben dir Flöhe ins Ohr gesetzt, unverantwortlich! Ich sollte hingehen und sie zur Rechenschaft ziehen … Man bricht nicht einfach aus, verlässt nicht einfach den Weg, den man schon beschritten hat.«

Er schwieg – und packte mit steifen Bewegungen seine Sachen.

Nick bereute die Entscheidung nicht, auch wenn er nie ganz frei war von Unsicherheiten. Vielleicht bin ich nur von einem trüben Teich in den nächsten gesprungen, dachte er oft.

Alle zwei Wochen rief er seine Mutter an, hörte ihre distanzierte Stimme, ihr kühles, vermutlich nur geheucheltes Interesse, wenn sie nach seinem Leben fragte. Sie war unversöhnlich, ihm schien es, als sei er ihr völlig gleichgültig geworden. Nick hatte sich vorgenommen, sie erst zu besuchen, wenn er etwas vorzuweisen hatte. Was das sein könnte, wusste er nicht. Irgendeine Leistung, vielleicht eine eigene Serie in der *Rundschau*.

Eingeladen hatte sie ihn nie.

Nach sechs Monaten besserte ihm der Chef das Volontärsgehalt erheblich auf, so dass er sein möbliertes kleines Zimmer in der Flensburger Straße allein bezahlen konnte und keine Unterstützung mehr von seiner Mutter brauchte. Nick hatte schon den Hörer in der Hand, um ihr den Erfolg zu melden. Doch dann zwang er sich, es nicht zu tun. Er schrieb ihr eine Postkarte, sie möge kein Geld mehr schicken.

Verpatzter Liebesabend

Mama soll ja nicht glauben, ich ginge unter. Sie wird schon sehen, eines Tages. Hier akzeptieren sie mich. Kaum ein Jahr bin ich hier, schon drucken sie meine Sachen unter meinem Namen. Ich habe Anschluss gefunden. Ich mache mein Ding allein. In der Redaktion und mit Valerie. Alles hat in einem billigen Boxzelt angefangen, als es um die höchste Prämie ging. Für mich war die Prämie diese Frau. Das hört sich gut an. Wie der Beginn einer Liebesgeschichte bei Hemingway …

So und ähnlich, täglich in neuen Variationen, waren seine stummen Selbstgespräche nach Feierabend, wenn er für ein paar Minuten allein zurückgelehnt im Büro zufriedene Bilanz zog. Dann fühlte er eine Art Triumph, all seine Unsicherheit war in solchen Augenblicken wie weggewischt.

Es war ihm nicht bewusst, warum er immer wieder voller Genugtuung an seine Mutter dachte und sie ihn mehr beschäftigte, als er es sich eingestand. Oft hatte er ihr Bild vor sich, wie sie an ihrem Schreibtisch saß, inmitten von Stilmöbeln und blumengeschmückten Schalen, mit modernen Grafiken an den Wänden. Die dicken Teppiche schluckten jeden Laut. Im Hintergrund hing ihr zweiter Mann herum, Walter Grünenberg. Ein Stück Mist war der Kerl, ein billiger Steuerberater, der sich über jeden kleinen Betrug, der ihm gelang, ein Loch in den Bauch freute. Jetzt hieß seine Mutter Elisabeth Grünenberg.

Um Nick herum waren an diesem Abend schon leere Schreibtische und ausgeschaltete Computer. In den Büros der *Rundschau* erloschen kurz nach fünf die Hälfte aller Neonröhren. Türkische oder bosnische Putzfrauen wischten schweigend zwischen den Schreibtischen herum. Sie erschraken, wenn Nick sie grüßte, und unterbrachen ihre Arbeit nicht. Irgendwo summte ein Telefon, niemand fühlte sich um diese Uhrzeit verantwortlich abzunehmen. Aus dem Faxgerät würgte sich ein meterlanger Papierstreifen und ringelte sich auf dem abgetretenen blau gesprenkelten Teppichboden. Der Zeiger der Uhr rückte unhörbar auf Viertel nach fünf.

Nick hatte Britta, die Sekretärin des Chefs und mächtige Frau des Hauses, nicht kommen hören. Sie warf ihm mit einem erschöpften Lächeln, als sei das für heute ihre letzte Amtshandlung, einen Brief auf den Tisch. Nick nahm ihn nicht sofort in die Hand. Wenn er etwas Dienstliches enthielt, konnte es warten bis morgen. Schließlich drehte er den Umschlag um. Feines Papier, kein Absender. Statt einer Briefmarke ein unlesbarer roter Frankieraufdruck. Hinter seinem Namen Nikolaus Geldermann stand *persönlich*, in geübter Handschrift mit Tinte nachgetragen. Ein Brief ohne Absender mit einem handschriftlichen Vermerk konnte keine Werbesendung sein. Nick war überrascht, weil er noch nie persönliche Briefe in die Redaktion bekommen hatte. So bekannt als Reporter war er noch nicht. Boxpromotoren, große Anzeigenkunden, Kirchengemeinden, Solidaritätsvereine oder das Presseamt der Stadt wandten sich an Pitt Peters, den Redakteur vom Dienst. Oder an seinen Kollegen Stefan, der seine Finger überall drin hatte. Er hackte auch jetzt noch, ein paar Meter entfernt in seiner Ecke, lautlos in die Tasten seines Computers. Man sah nur den aufsteigenden Qualm seiner ewigen Camel. Wer weiß, für wen Stefan sonst noch schreibt, um seine vielen Verpflichtungen zu finanzieren ...

Nick schlitzte den Brief auf.

»Sehr geehrter Nikolaus Geldermann, Ihr Name stand in einer Zeitung, die mir zufällig in die Hände fiel. Wenn Sie der Sohn von Heinrich Gotthold Geldermann sind, dann rufen Sie mich bitte an.
Hochachtungsvoll. Rolf Haferkamp.«

Teures Briefpapier, der Name vornehm grau gedruckt, auf dem unteren Rand winzig klein eine Adresse mit drei Telefonnummern, Fax und Mail. Unaufdringlich und protzig zugleich?

Dr. Rolf Haferkamp. Nick hatte den Namen noch nie gehört. Oder doch? Irgendwo ganz tief im Innern regte sich etwas, nichts Konkretes. Ihm fiel kein Zusammenhang ein. Vielleicht war er ein Mann der Öffentlichkeit, von dem er in Zeitungen gelesen hatte? In den Wirtschaftsnachrichten?

Sein erster Gedanke war, dass er Valerie den Brief zeigen wollte. Geheimnisvolle Dinge brachten ihre Fantasie immer auf Hochtouren. Nick musste bei dieser Vorstellung lächeln.

Sie würden sich gleich im *Katzengold* treffen, wenn sie es schaffte, bis sechs Uhr den Sender zu verlassen. Gegen die Hektik im Funk war der Tagesablauf in seiner Redaktion geordnet und ruhig. Dafür sorgte Pitt Peters, der pünktlich zu seinen fünf Kindern wollte.

Nick steckte den Umschlag in seine Jackentasche. Beim Verlassen des Büros winkte er kurz Britta in ihrem Glasverschlag zu, sie lächelte müde zurück. Er verließ die Redaktionsetage mit dem Fahrstuhl. Das Foyer war um diese Zeit fast menschenleer. Nick war bei jedem Kommen und Gehen gezwungen, sich in Lebensgröße auf der Spiegelwand zu betrachten.

Irgendwie bewegt sich da immer ein Fremder, dachte er. Eigentlich sehe ich anders aus. Er zog eine Grimasse.

Der Nachtwächter studierte seine Bildzeitung und blickte nicht einmal auf. Vermutlich schlief er hinter den bedruckten Seiten.

Der Brief, der in seiner Jackentasche steckte, hatte ihm sein Hochgefühl getrübt. Er wusste nicht, warum. Wer war Rolf Haferkamp? Was hatte er mit seinem Vater zu tun?

Es war vierzehn Jahre oder länger her, seit er ihn zuletzt gesehen hatte. Wie alt war er damals gewesen? Geschrieben hatte ihm sein Vater in all den Jahren nie. Lebte er überhaupt noch, und wenn ja, wo? Ob Mama es wusste?

Als Nick noch die Grundschule besuchte, hatte ihn die Mutter angehalten, seinem Vater Briefe nach Afrika zu schreiben. Unbeholfene, lächerliche Schriftstücke nach dem Muster: *Lieber Papa, wie geht es dir, mir geht es gut, in der Schule bin ich fleißig* ... Sie blieben ohne Antwort, soviel er wusste. Nach ihrer Heirat mit diesem Grünenberg erwähnte seine Mutter den Vater kaum noch. Und wenn, dann eher abfällig.

Er sah den Mann undeutlich vor sich, auf der anderen Seite einer Flughafensperre – von Dar es Salaam? Nairobi? –, sein Kinn mit einem kurzen grauen Bart vorgestreckt, keine Regung im Gesicht, die er hätte deuten können.

Wenn ihm manchmal einfiel, dass da ja noch ein Vater war, meldete sich kein Gefühl von Bedauern, eher so etwas wie dumpfe Traurigkeit. Es beschäftigte ihn nicht besonders, denn das Gefühl war undeutlich, wie ein flüchtiger Schatten. Er vermisste ihn nicht.

Mama war damals mit seinen beiden Schwestern schon an der Passkontrolle und rief nach ihm. Er drehte sich um und suchte dann noch einmal den Mann mit seinen Augen. Er war aus seinem Blickfeld verschwunden. Auf dem Vorplatz des Flughafens versuchten ein paar Schwarze, einen Wagen anzuschieben ... Das war alles.

Als Valerie ihn nach seinem Vater gefragt hatte, war er verlegen geworden. Der lebe noch irgendwo in Afrika als Missionar, er wisse nichts darüber, sagte er. Seine Mutter sei wieder verheiratet. Valerie hatte ihn neugierig angesehen, gelächelt, und er hatte das Thema mit einem Witz zu wechseln versucht. Aber wie er Valerie inzwischen kannte, würde sie so schnell nicht locker lassen, mit Geduld auf den richtigen Augenblick warten. Das erste Gespräch mit ihr über seinen Vater hatte ihn verstört. Deshalb gab es zwischen dem seltsamen Brief und Valerie eine geheimnisvolle Verbindung. Vielleicht war es das, was ihm die Laune verdarb. Noch eine Spielart von Eifersucht, dachte er missmutig.

Wenn ihm Valerie in den Sinn kam, fühlte er sich, wie er glaubte, dass ein Mann sich fühlen sollte. Sein Leben hatte Konturen bekommen, es war besser und stärker, seit sie zusammen waren. Sie hatte sein Zimmer auf den Kopf gestellt, aus der schlampigen Bude eine gemütliche Wohnung gemacht, hatte mit ihm Bilder ausgesucht und aufgehängt und ihm Bücher gegeben, die er lesen sollte. Sie ging mit ihm ins Theater und erzählte von ihrem Studium, das sie neben ihrem Job beim Funk intensiv betrieb. Ja, sie hatte ihm sogar einmal vorsichtig zu bedenken gegeben, nebenher sein Abitur nachzumachen.

Er hatte sich daran gewöhnt, dass sie die meisten Entscheidungen traf, er hielt das für normal und dachte nicht lange darüber nach.

Mit Valerie wäre er gern zu seiner Mutter und ihrem Mann gefahren, aber es hatte sich noch nicht ergeben. Sie gehörte nicht zu den strahlenden Schönheiten, doch sie würde durch ihre Klugheit und ihre Bildung beeindrucken. Nun, irgendwann würden sie gemeinsam nach Wülfrath fahren. Eines Tages.

Das *Katzengold* war am späten Nachmittag noch fast menschenleer. In zwei Stunden würde man nicht einmal einen Stehplatz an der Theke ergattern können. Nick sah Valerie durch das Fenster hindurch auf der beliebten Eckbank. Sie war zu seiner Enttäuschung nicht allein. Vielleicht würde der Typ bald verschwinden, vermutlich war er jemand aus ihrer Redaktion.

Nick fühlte sich noch beklommener, als ihn Valerie stürmisch begrüßte, ihn lange küsste, bevor sie sich setzten. Sie demonstrierte etwas, und das irritierte ihn. War es wegen diesem Typen, der ihm jetzt gegenübersaß? War er hinter ihr her? Er sah gut aus. Scheiße. Warum macht sie das?

»Das ist Harry«, sagte Valerie. Nick sah keinen Grund, ihm die Hand zu geben, er nickte ihm zu. Er fühlte den Brief in seiner Jacke, bestellte ein Bier.

Harry ging schon nach ein paar Minuten, küsste Valerie auf die Wange und zahlte an der Theke sein Bier. Nick überlegte, ob er Fragen stellen sollte. Er unterließ es, sie würde eine Szene machen, wenn er Eifersucht zeigte. Das war so gut wie sicher. Sie brachte selbst das Gespräch auf Harry.

»Ich habe ihm gesagt, ich sei in festen Händen«, sagte sie und legte einen Arm um seinen Hals. Er lächelte, hatte noch weniger Grund, ihr Vorhaltungen zu machen. Aber es gefiel ihm nicht, und er wünschte, gegen diesen Harry etwas vorbringen oder ihn sonstwie demütigen zu können. Besser, er behielt seine innere Anspannung für sich.

»Wenn er dir zu nahe rückt, kriegt er was aufs Zifferblatt«, sagte er wie nebenbei. Valerie war völlig unbefangen. Aber er hatte keine Lust, über andere Männer zu reden; er würde sie und ihre Lebensweise nicht ändern können. Sie kannte eine Menge Männer, damit musste er leben. In den ersten Wochen ihrer Bekanntschaft hatte er sie zur Rede gestellt. Sie hatte nur gelacht. Und einmal gesagt:

»Red keinen Blödsinn. Ich bin dir treu wie eine Graugans.«

Er hatte ja nicht wirklich Zweifel an ihrer Treue, aber trotzdem gingen ihm die vielen Bewerber auf die Nerven.

»Du bist verklemmt und hast da irgendwo einen schlimmen Defekt«, hatte sie ihm ziemlich giftig vorgeworfen. Das wollte er nicht noch einmal hören.

Durch die Fenster fielen letzte Sonnenstrahlen in den Raum und auf die Plakate von Konzerten und neuen Filmen. Valerie nahm Nicks linke Hand und legte sie an ihre Wange.

»Gehen wir gleich zu mir?«, flüsterte sie und es erregte ihn. Er war versucht, den Brief in der Tasche zu behalten und mit ihr aufzubrechen. Er zog ihn schließlich doch hervor.

»Lies mal«, sagte Nick und reichte ihr den Brief. Sie überflog die Zeilen und sah ihn fragend an.

»Wer ist das?«

»Keine Ahnung«, sagte er, »irgendwo habe ich den Namen schon mal gehört, aber ich erinnere mich nicht.«

»Hast du angerufen?«

Er schüttelte den Kopf.

»Warum nicht? Wer weiß, was dahinter steckt. Auf jeden Fall etwas mit deinem Vater. Du hast wirklich keine Ahnung?«, fragte sie.

»Vielleicht habe ich Angst, etwas zu hören, was ich nicht hören will.« Er lächelte schief. »Ich weiß ja nicht mal sicher, ob mein Alter noch lebt. Seit unserer Abreise damals habe ich nichts von ihm gehört.«

»Warum schreibst du ihm nicht?«

»Früher als Kind habe ich ihm schreiben müssen. Er hat nie geantwortet. Ich habe keine Ahnung, warum nicht.«

»So sind Väter manchmal ... Bedeutet er dir was?«, fragte Valerie, und Nick war überrascht über den Ernst, mit dem sie die Frage stellte.

»Was soll er mir schon bedeuten, ich weiß ja kaum etwas von ihm. Nur dass meine Mutter mit uns damals abgereist ist. Später hat sie uns erzählt, sie habe das Leben mit ihm in Afrika nicht mehr ausgehalten, das war es dann wohl. Die Scheidung hat er schriftlich über das deutsche Konsulat bestätigt. Sie will nicht mehr über ihn reden und warum sollte er mich noch interessieren? Jetzt hat sie einen anderen.«

»Aber du hast keinen anderen«, sagte Valerie und sah ihn an. Nick errötete heftig, als habe sie ihn ertappt, eine Schwäche aufgedeckt. Da stand es vor ihm, das Unerwartete und irgendwo im Innern Gefürchtete. Sie entließ ihn nicht aus ihrem abschätzenden, liebevollen Blick.

»Man kann auch ohne Vater leben«, sagte er lahm. Ihre Entgegnung kam sofort, sie schüttelte den Kopf und lächelte.

»Aber warum solltest du? Ob er noch irgendwo lebt oder nicht, ist ja egal. Er bleibt dein Vater.«

»Was könnte der Mann von mir wollen?«, lenkte er ab, um sich aus der Umklammerung zu befreien.

»Ruf ihn an«, sagte sie ernst und mit Drängen in der Stimme, »egal was er will. Du musst es wissen. Außerdem ist es spannend. Findest du nicht?«

»Warum?«

»Wie: Warum?! Wem passiert so etwas schon? Du bist doch sonst neugierig auf jeden Scheiß. Sei froh, dass du von jemandem hörst, der deinen Vater kennt.«

»Vielleicht will dieser Haferkamp mir sagen, dass er tot ist …«

»Das hättest du auf anderem Weg erfahren. Vielleicht will dein Papa Kontakt zu dir aufnehmen?«

»Das würde mich aber sehr wundern«, sagte Nick mit verlegenem Lächeln und winkte demonstrativ nach dem Kellner, als wolle er das Gespräch beenden. Warum hatte sie Papa gesagt? Warum hatte das etwas in ihm angerührt?

Valerie hatte nie ihren Altersunterschied erwähnt. Als sie es jetzt tat, ging sie behutsam vor, als wolle sie ihn schützen oder eine Verletzung vermeiden. Er hatte keine Ahnung, was sie an ihm liebte, was ihn begehrenswert machte; seine Verletzlichkeit, die Einsamkeit, die er ausstrahlte. Und sogar die Art, wie er das fast immer überspielte. Ihr Vorsprung waren vier Jahre mehr Erfahrung, ihr Studium, ihre eigene planvolle Lebensgestaltung. Und ihre Fähigkeit, Zusammenhänge zu erkennen und zu deuten, wo er manchmal nur stumm verzweifelte.

Wie eine behutsame Jägerin betrachtete Valerie Nick in seiner spürbaren Abwehr.

»Du bist noch sehr jung, Nick, vergiss das nicht«, sagte sie. »Vielleicht kommt diese indirekte, aber geheimnisvolle Begegnung mit deinem Vater zu plötzlich, zu früh, weiß der Teufel. Aber schon diese wenigen Zeilen von diesem – wie heißt er? – Haferkamp ... du, das könnte eine Menge bedeuten für dich. Hast du daran mal gedacht? Dem darfst du nicht ausweichen. Keiner wird etwas von dir verlangen, das du nicht willst. Also ...«

»Was soll ich tun, deiner Meinung nach?«

»Ganz einfach: Ruf an! Alles andere findet sich.«

Sie griff nach ihrer Handtasche und erhob sich, aber nicht, um ihn mitzunehmen. Sie stand vor ihm, ihre Tasche schon um die Schulter gehängt, und sah ihn an. Es war plötzlich kein Abend mehr, um miteinander ins Bett zu gehen. Der Wunsch danach hatte sich bei beiden verflüchtigt. Nick war unzufrieden. Ich hätte sie heute sehr gebraucht, dachte er. Aber da war sie schon fort.

Ohne meine Mutter

Am anderen Ende der Leitung war die freundliche Stimme einer Sekretärin.

»Kann ich Ihnen helfen?«

»Geben Sie mir bitte Dr. Haferkamp«, sagte Nick und überflog gedankenlos eine kleine Meldung, die ihm jemand auf den Tisch gelegt hatte.

»Um was geht es?«, fragte die Stimme.

»Es ist privat, er hat mir geschrieben«, sagte er und ärgerte sich. Sie wollte ihn abwimmeln. Das kannte er von Telefonaten mit den Vorzimmern von Prominenten.

Eine kurze Recherche im Internet an diesem Morgen, und er hatte Rolf Haferkamp gefunden. Dr. med., geboren 1946 in Emmerich, Studium der Medizin in Göttingen und München, Mitgeschäftsführer der Bayer AG in Leverkusen, Leiter der Abteilung Forschung und Wissenschaft. Verheiratet, drei Töchter.

»Einen Moment bitte.« Die Frau zögerte noch und er hörte im Hintergrund murmelnde Stimmen. Dann meldete sich Haferkamp, sicher und geschäftsmäßig.

»Haferkamp. Um was geht es?«

»Sie haben mir geschrieben. Ich bin Nick Geldermann.«

Kurzes Schweigen trat ein, Haferkamp hatte die Muschel vermutlich mit einer Hand verdeckt. Offensichtlich schickte er seine Sekretärin aus seinem Büro, eine Türe wurde geschlossen. Nick versuchte sich das Büro des Geschäftsführers in einem Konzern vorzustellen, in seinem Kopf meldeten sich Klischees aus Magazinen und Firmenprospekten. Ein Nolde an der Wand, vermutlich echt. Designermöbel, flacher Computerbildschirm, auf dem Schreibtisch ein Foto von Ehefrau und drei Töchtern, alle blond und lachend, Gegensprechanlage.

Die Stimme des Mannes hatte jetzt eine andere Färbung angenommen. Nick glaubte nicht, dass er sich täuschte; da war sogar ein Anflug von Unsicherheit.

»Sind Sie sein Sohn?«, fragte er und hüstelte.

»Ja. Deshalb rufe ich an.« Nick spürte, dass ihm ohne ersichtlichen Grund der Schweiß ausbrach. Die Stimme des Mannes war sanft und freundlich, nicht mehr geschäftsmäßig.

»Ich würde gern mit Ihnen reden. Wann können wir uns treffen? Ihr Vater ist einer meiner besten Freunde.«

»Ich wusste nicht, dass er hier noch Kontakte hat«, sagte Nick. Der Mann ging nicht darauf ein.

»Passt es Ihnen morgen Abend? In einem Restaurant ohne Musik. Ich komme nach Wuppertal. Sie wohnen doch in Wuppertal?«

Nick schoss durch den Kopf, Valerie zu dem Treffen mitzunehmen. Er hätte sich besser gefühlt, aber sie würde es ablehnen, das wusste er. Das ist zuerst einmal deine Sache, würde sie sagen.

»Ich lebe hier. Welches Restaurant?«

»*Haus Juliana* vielleicht?«, schlug Haferkamp vor.

»Das ist weit draußen. Ich habe kein Auto«, sagte Nick.

»Ich war mal nach dem Theater im *Ratskeller*. Kennen Sie den?«

»Den kennt hier jeder. Um 17 Uhr habe ich Feierabend. Wie erkenne ich Sie?« Nick ärgerte sich über seine eigene hölzerne Art.

»Also 19 Uhr.«

Der Mann hatte aufgelegt, als habe er seine Frage nicht gehört. Oder als sei sie ihm zu dämlich. Nick spürte sein heißes Gesicht. Er hielt noch den Hörer in der Hand und wählte, ohne nachzudenken, Valeries Nummer in der Redaktion. Sie war nicht da. Unaufgefordert sagte die Sekretärin, Valerie würde sicher zurückrufen. Aber sie meldete sich an dem Tag nicht mehr. Später würde sie eine Freundin treffen.

Am Abend rief Nick Geldermann von seinem Zimmer in der Flensburger Straße aus seine Mutter an. Sie war kühl und kurz angebunden, wahrscheinlich unter Druck.

»Was gibt es?«, fragte sie und er hörte Geräusche von ihrem Schreibtisch, das Geraschel von Papieren und eine leise Radiostimme im Hintergrund.

»Mama, kennst du einen Rolf Haferkamp?«, fragte er.

»Warum willst du das wissen?« Ihre Antwort hatte einen ärgerlichen Unterton, als habe er etwas Unangemessenes gefragt.

»Kannst du nicht einmal auf eine Frage direkt antworten?«, sagte er. Ein wenig zu heftig, wie er selber fand. »Er will sich mit mir treffen.«

»Warum? Was willst du von ihm?«

»*Er* will was von *mir*. Nun sag mir endlich, wer das ist!«

Sie schwieg, die Geräusche an ihrem Schreibtisch waren verstummt.

»Auch einer, den er auf dem Gewissen hat«, sagte sie schließlich und Nick hatte das Gefühl, sie würde gleich auflegen. Aber dann sagte sie in einem Tonfall, als gäbe sie sich alle Mühe, eine Pflicht zu erfüllen: »Er hat mit deinem Vater in Göttingen Medizin studiert. Kurz vor dem Examen ist dein Vater abgesprungen und zur Theologie gewechselt. Keiner hat das verstanden, ich auch nicht. Er hätte genau wie Haferkamp eine Karriere als Mediziner machen können. Kann ja sein, dass sie noch Kontakt haben. Ich weiß es nicht, Nick. Rolf hat großen Einfluss auf deinen Vater gehabt. Wann triffst du ihn? Morgen, sagst du? ... Ich würde gern mitkommen.«

Sie hatte es gesagt, als sei es beschlossene Sache. Er zögerte. Den Mann allein zu treffen gefiel ihm nicht. Dass seine Mutter mitkam, gefiel ihm noch weniger. Er überlegte, wie er ihr den Vorschlag ausreden konnte.

»Besser, ich treffe ihn allein«, sagte er und versuchte, sicher zu klingen.

Seine Mutter schwieg, aber er hörte ihr Atmen.

»Wie du willst«, sagte sie schließlich und er sah ihr Gesicht mit diesem Ausdruck von Verachtung vor sich, den er von Kindheit an kannte. Er wollte noch sagen, dass er ihr alles erzählen würde, aber sie hatte schon aufgelegt.

Verflucht, murmelte er vor sich hin, schaltete das Fernsehgerät ein und sah uninteressiert ein Spiel irgendwelcher Mannschaften bei der Fußballweltmeisterschaft, die gerade stattfand. Das Empfinden von Fremde, das er von Kindheit an kannte, war heute Abend stärker, wie ein heimlicher, aber manchmal aufdringlicher Begleiter, der sich Platz verschafft.

Nick saß auf der Pressebank des Rathauses und hatte Mühe, die Diskussion zu verfolgen. Es ging um die Neugestaltung der Bahnhofsgegend, ein Thema, das ihn sowieso nicht interessierte. Er hatte gehofft, Valerie hier zu treffen, aber sie tauchte nicht auf. Anschließend fuhr er zur Pressekonferenz ins Theater. Der dunkelhaarige Intendant erklärte die angespannte Haushaltslage, das Problem, zwei Spielstätten und das Ballett zu erhalten. Der Mann saß am Kopfende des Tisches, neben ihm mit hellen, fast grauen Haaren der jüngere Dramaturg. Jemand vom *Westdeutschen Rundfunk*, den Nick noch nicht kannte und der ihm gegenübersaß, kaute unablässig Erdnüsse. Als das Schälchen vor ihm leer war, angelte er sich ein anderes und aß weiter. Hinter dem Intendanten hing ein großes gerahmtes Plakat mit dem schönen alten Gesicht einer Schauspielerin, die dieses Theater einmal berühmt gemacht hatte.

Die Pressekonferenz zog sich endlos hin, weil der Erdnussfresser alle Details des Etats und der haushaltspolitischen Strategien wissen wollte, als sei er verantwortlicher Chefbuchhalter. Geduldig antwortete der Intendant. Als er ermüdete, übernahm der Dramaturg die Antworten, ebenso geduldig, aber schon ein wenig gereizt. Bis Nick mit einer Frage, die ihm gerade einfiel und ihm selbst ein bisschen großmäulig vorkam, das Thema wechselte.

»Sie bringen in der kommenden Spielzeit nicht nur *Penthesilea*, sondern auch Handkes *Mündel will Vormund sein*. Welche Gründe haben Sie dafür, diese alten Schinken wieder aufzuwärmen?«

Die beiden Chefs des Theaters sahen zu ihm herüber und lächelten. Entweder erfreut über die Ablenkung von den leidigen Haushaltsproblemen. Oder war da auch eine Spur von Spott? Der junge Dramaturg beugte sich nach vorn.

»Eine wichtige Frage! Was Sie da belieben alte Schinken zu nennen, junger Freund, sind beide in ihrer Grundsubstanz modernste Stücke der deutschen Theaterliteratur, unabhängig von ihrer Entstehungszeit; Stücke von Gewalt und Gegengewalt, Vater und Sohn, Herr und Knecht, Unterwerfung und Aufstand. Wir müssen solche Themen neu interpretieren. Sie gehören zum Erbe, das wir verwalten. Wir sind Theaterleute, keine Gelehrten, wir befragen die großen Texte auf der Bühne, um Antworten gegen die Geschichtsblindheit zu erhalten, die wie ein Virus die Gesellschaft befällt. Die Vergangenheit, die uns heute zum Beispiel im Elend der Dritten Welt eigentlich auf Schritt und Tritt begegnen müsste, die erklärt die Postmoderne für tot. So als sollen wir vergessen, wo wir herkommen ...

Das zu unterlaufen ist unsere Auffassung von Modernität. Und, übersehen Sie bitte nicht, wir bringen gleichzeitig den neuen Petermann heraus, *Die verratene Nacht*.

Damit bieten wir eine Antwort darauf, was aus der Vereinsamung des Individuums werden kann, wie Gewalt und Ungerechtigkeit sich unsichtbar fortpflanzen ... Kann ich Ihnen nur empfehlen. Lassen Sie mich wissen, wenn ich zur Premiere Karten hinterlegen soll.«

Nick ging, ein wenig bedröhnt von den geschliffenen Kommentaren, in die Redaktion und schrieb seine Berichte. Gegen zwei Uhr hatten sie ihre wöchentliche Redaktionsrunde, sie würde bis fünf Uhr dauern. Er war nicht recht bei der Sache und versuchte gleich danach von seinem Schreibtisch aus Valerie zu erreichen. Vergeblich wählte er ihre Handy-Nummer und konnte nur einen Satz auf ihre Mailbox sprechen. Er war versucht, noch einmal seine Mutter anzurufen, aber er unterließ es.

Dann fuhr er mit der Straßenbahn zum Alten Markt, um die Flugtickets vom Reisebüro abzuholen. Er würde im Urlaub mit Valerie nach Athen fliegen. Von dort aus wollten sie mit Rucksack und Schlafmatten durch Griechenland wandern, ohne feste Ziele. Valerie hatte bei einem befreundeten Lehrerehepaar Fotos von den griechischen Inseln gesehen und war begeistert gewesen. Sie hatte Griechenland vorgeschlagen und Nick hatte nichts dagegen gehabt, weil ihm nichts anderes eingefallen war.

Kein Mensch hat mich so verzaubert

Nick strich, weil es noch zu früh war, am Elberfelder Rathausplatz herum und besah sich die Schaufenster. Männer in den roten Uniformen der Stadtwerke reinigten den Markt von den Abfällen der Gemüse- und Obsthändler. Am Brunnen mit den gewaltigen Leibern von Neptun und Meerjungfrauen zupfte ein blasses Mädchen an den Saiten einer Gitarre, vollkommen in die Musik versunken. Es war Nicks Welt und doch eine fremde; ganz konnte er sich nicht zugehörig fühlen, zumal er durch den Gedanken an das bevorstehende Treffen abgelenkt war und alles um sich herum wie in einer Traumwelt sah. Kurz vor 19 Uhr betrat er den *Ratskeller*. Unter den mächtigen Gewölben herrschte Dämmerlicht, die bunten Tischauflagen und das noch hereinscheinende Sonnenlicht milderten es kaum. Es gab zu dieser Uhrzeit nur wenige Gäste. Nick sah sich um. Ein hochmütiger Kellner sprach ihn an, ob er alleine sei. Bevor Nick antworten konnte, kam ein groß gewachsener Mann mit schnellen Schritten durch den Gang auf ihn zu und reichte ihm die Hand. Haferkamp murmelte etwas wie einen Gruß, stellte sich nicht vor. Er ging voran zu einem Tisch, der abgeschirmt in einer hinteren Nische unter einem Fenster stand.

»Schön, dass Sie es einrichten konnten«, sagte Dr. Haferkamp. Es klang unangemessen zuvorkommend für jemanden in seiner Position und wirkte ein wenig steif, wie Nick fand. Der Mann wies auf einen Stuhl und gab ihm die Speisekarte.

»Ich darf Sie einladen«, sagte er und zündete sich eine Zigarette an. Er rauchte viel, Nick sah im Aschenbecher vier, fünf Kippen mit dem gleichen braunen Mundstück einer Nobelmarke. Hatte Haferkamp schon gewartet? Männer wie er hatten es normalerweise eilig.

»Sie arbeiten bei der *Rundschau*?«

Die Art und Weise, wie Dr. Haferkamp sich bemühte, das Gespräch in Gang zu bringen, wirkte auf Nick unbeholfen, er hätte mehr Sicherheit erwartet. Was machte ihn verlegen? Hatte das mit seinem Vater zu tun? Der Gedanke war da, aber er bewegte sich auf keine Antwort zu. Nick war froh, dass der Kellner kam.

»Trinken Sie Wein?«, fragte Haferkamp. Er bestellte, als kenne er die Weinkarte auswendig, eine Flasche mit einem italienischen Namen, den Nick noch nie gehört hatte und der exklusiv klang.

»Wir sollten nicht Sie zueinander sagen«, schlug Haferkamp vor, »sind Sie damit einverstanden? Ich heiße Rolf.« Er streckte seine Hand aus und Nick nahm sie zögernd. Der Vorschlag überraschte ihn. Er errötete und war unfähig, etwas anderes zu tun als verlegen zu grinsen. Es würde ihm nicht leicht fallen, diesen Mann zu duzen. Haferkamp war sicher dreißig Jahre älter als er. Und er gehörte, das sah man an seinem teuren Anzug, zu einer anderen Klasse. Aber sein Ton hatte nichts Gönnerhaftes und klang freundschaftlich.

»Ja, mein lieber Heinrich Gotthold Geldermann«, sagte Haferkamp, als sei er um einen passenden Übergang bemüht. Er fingerte verlegen an seiner Zigarettenpackung. »Früher habe ich ihn mit Henn angeredet, wie man das im Rheinland tut. Ich bin sein vielleicht einziger Freund hier in Deutschland«, fuhr er fort. »Ich finde es besser, angemessen sozusagen, mich mit seinem einzigen Sohn zu duzen. Ich hoffe, du fühlst dich nicht überrumpelt ... Was machst du bei der *Rundschau?*«

»Ich habe die Schule vor einem Jahr geschmissen und da angefangen. Als Volontär. Vielleicht wird was draus, mal sehen.«

Haferkamp nahm dem umständlichen Kellner die Rotweinflasche aus der Hand, um selbst einzugießen.

»Du willst Journalist werden?« Der Mann sah ihn mit schwachem Interesse an. Er trank und füllte sein Glas nach. Nick nippte an dem schweren Rotwein und suchte nach Worten.

»Das ist was für den Anfang, vielleicht ein Einstieg. Ich will ja nicht ewig da bleiben.«

»Was fesselt dich an dem Beruf?«

»Bisher vor allem, dass er nichts mit Schule zu tun hat«, sagte Nick und lachte unsicher. »Manches daran, wie Theater und allgemein Kultur zum Beispiel, interessiert mich. Und außerdem ist da ein Mädchen ... Sie lebt hier als Journalistin.«

»Eine Frau ist Grund genug für alle Spielarten von Unsinn … Hast du Kontakt zu deinem Vater?«

Nick schüttelte den Kopf.

»Und deine Mutter?«, fragte Haferkamp.

»Soviel ich weiß, auch nicht. Ehrlich gesagt, auf die Idee wäre ich gar nicht gekommen; sie spricht kaum noch von ihm, seit sie wieder geheiratet hat. Sie wäre gern heute dabei gewesen. Das habe ich verhindert«, sagte Nick und spürte im selben Moment, dass dieser Mann durch sein Geständnis, die Mutter abgewimmelt zu haben, plötzlich sein Komplize geworden war. Er begann, sich besser zu fühlen. Vielleicht würde er Haferkamp duzen können, wenn er ein bisschen mehr getrunken hatte.

»Ich wollte mit *dir* sprechen, mein lieber Nick!«, sagte er. »War sicher nicht einfach, ihr das auszureden … Deinen Vater kenne ich schon seit unserer gemeinsamen Studienzeit. Ich hätte mir gewünscht, er wäre hier geblieben. Aber er hatte immer schon weiter reichende Vorstellungen vom Leben. Nun steckt er da seit Jahren in Afrika und macht seine Sachen, was auch immer das inzwischen ist. Hast du Erinnerungen an ihn?«

»Wenig«, sagte Nick, und seine Neugier zu erfahren, was Haferkamp von ihm wollte, wuchs.

»Erzähl mal!«

»Das einzig wirklich lebendige Bild ist das vom Abschied am Flughafen. Wie er da mit seinem weißen Bart einsam hinter der Sperre verschwand …«

»Wie alt warst du da?«, fragte Haferkamp sachlich.

»Vier oder fünf vielleicht.«

Haferkamp sah ihn zweifelnd an.

»Das kann nicht sein. Deine Mutter ist mit euch Ende 1986 zurückgekommen. Da warst du gerade mal drei. Außerdem trägt dein Vater keinen Bart, einen weißen schon gar nicht. Da muss eine Sinnestäuschung vorliegen, denk mal darüber nach … Vermutlich hat deine Mutter seine Briefe an dich nicht weitergegeben. Wer weiß. Das wäre ihr zuzutrauen! Oder er hat nicht geschrieben. Kann auch sein …«

Er füllte sein Glas erneut mit Rotwein. Das Essen wurde gebracht. Nick war froh über die Ablenkung. Warum hatte Haferkamp die etwas abfällige Bemerkung über seine Mutter gemacht?

»Haben Sie Kontakt zu ihm?«, unterbrach Nick das Schweigen während des Essens.

»Wir hatten beschlossen, uns zu duzen!« Haferkamp lächelte ihn an. »Einverstanden?«

»Einverstanden. Also?«

»Du trinkst ja gar nicht«, sagte Haferkamp, goss ihm das Glas voll und beugte sich wieder über sein Essen. Nick suchte Anzeichen von Trunkenheit bei Rolf Haferkamp. Er selbst wäre nach dem dritten Glas von diesem schweren Stoff angetrunken, da war er sicher. Er stocherte lustlos auf seinem Teller herum, er war zu angespannt, um das Essen genießen zu können. Haferkamp nahm noch einen Bissen und legte dann das Besteck auf den halb vollen Teller.

»Ich will dir sagen, warum ich dich sprechen wollte. Das ist eine längere Geschichte. Und sie ist nicht ganz einfach, hörst du? Also, dein Papa meldet sich alle halbe Jahre bei mir, seit er allein in Afrika lebt. Er schickt mir Telegramme in Stichworten. Ich muss ihm Sachen besorgen, Medikamente schicken, Maschinenteile, Brillen, früher auch teures Gerät. Und immer wieder Geld. Vor einem Jahr ging es um Pestizide, die er brauchte. Die Riesenmenge kostete ein kleines Vermögen. Aber das Geld ist nicht das Problem, ich verdiene genug.«

Er nahm einen Schluck Wein und sah vor sich hin, als habe er Nick vergessen. Als der Kellner ihn fragte, ob er den halb vollen Teller abtragen könne, nickte er leicht. Dann fuhr er fort:

»Ich habe mit Mission und Christentum nichts am Hut, musst du wissen. Ich mache das nicht aus Nächstenliebe, sondern für deinen Vater, seit vierzehn Jahren schon. Ich kann es ihm nicht abschlagen. Auch wenn ich in all den Jahren kaum ein paar persönliche Zeilen von ihm bekommen habe, kannst du dir das vorstellen? Nur Bettelei, für seine Neger da unten. Für sich selbst braucht er nichts, da bin ich sicher. Ich weiß gar nicht, wovon er sich ernährt. Ich habe ihn das mal gefragt in einem Brief, er hat nicht darauf reagiert, der sture Hund. Verstehst du das …?«

»Aber die Missionsgesellschaft bezahlt ihn doch«, sagte Nick.

»Die? Die haben ihn längst rausgeschmissen. Schon vor sechzehn Jahren, kurz nach der Rückkehr deiner Mutter«, bemerkte Haferkamp und lachte hämisch. »Diese Leute hat er so vergrault, dass sie ihm gekündigt haben.«

»Das wusste ich nicht.« Nick sah plötzlich eine verblasste Erinnerung vor sich, den Blick von einer Klippe über eine Sumpflandschaft jenseits eines steilen felsigen Abhangs, wie eine vergilbte alte Postkarte. Eine auseinander gezogene Ansammlung von Häusern, Hütten und Lagerhallen, Schirmakazien, vertrocknete Hirsefelder, unendlich viel graues Buschwerk und Dornen überall, weiter entfernt verrottete Boote im Wasser eines halb vertrockneten Sumpfes. Gab es in der Nähe einen Fluss? Hatte er das alles selbst gesehen, gab es solche Fotografien oder wurden Bilder aus den Erzählungen seiner Geschwister lebendig?

»Deine Mutter müsste es erfahren haben, denke ich. Egal. Ich weiß nicht, wovon er lebt da unten. Denn für sich selbst hat er nie gebettelt.«

»Und wenn doch? Wenn er dein Geld für sich selbst verwendet hätte?«

»Das wäre mir auch egal«, sagte Haferkamp und zuckte gleichgültig die Schultern.

»Warum tust du das?«

»Was? Was tun?« Der Blick Haferkamps war getrübt, seine Stimme enthielt einen Anflug von Weinerlichkeit, und seine Handbewegungen, mit denen er sein Glas an die Lippen führte, waren fahriger geworden. Er winkte dem Kellner und wies wortlos auf die leere Flasche.

»Wenn er dich anbettelt«, erwiderte Nick. »Warum schickst du ihm das alles, was er verlangt? Du sagst, dass du mit der Mission nichts am Hut hast!«

Haferkamp steckte sich eine Zigarette an und grinste.

»Wenn ich das nur beantworten könnte!« Er beugte sich vor und lächelte Nick zu. »Mein Lieber! Ich kann nicht anders, ich weiß nicht, warum. Er hatte immer schon etwas an sich, das es mir unmöglich machte, nein zu sagen. Ich habe mir hundertmal geschworen: So, das ist das letzte Mal! Keinen Pfennig mehr! Was geht mich seine verfluchte Mission an. Die haben ja auch die Nase voll von ihm. – Aber ich bringe es nicht fertig!«

»Was war mit der Mission? Warum haben sie ihn rausgeschmissen?« Nick bewegte nervös seine Füße unter dem Tisch und nahm eine Zigarette aus der Packung des Mannes.

»Keine Ahnung. Aber ich hab da so eine Idee … Lassen wir das.« Er lehnte sich zurück und schien nachzudenken. »Ist ja jetzt nicht so wichtig. Vielleicht auch eher peinlich für einen Sohn! Das ist nicht der Grund, warum ich mit dir sprechen wollte.«

Er goss sich aus der neuen Flasche nach.

»Was soll mir da peinlich sein?«, beharrte Nick und versuchte seine Füße still zu halten. Er trank jetzt zügiger, vielleicht wegen der Anspannung, die ihn nervös machte, als hinge er wie ein Fisch an der Angel.

»Ich weiß es wirklich nicht genau. Aber du bist ja ein großer Junge … Als ich von seinem Rausschmiss erfuhr – Heinrich es aber nicht für nötig hielt, mir die Gründe zu schreiben –, habe ich den Direktor seiner Missionsgesellschaft angerufen. Er wollte erst gar nicht mit mir sprechen und hat dann etwas von Meinungsverschiedenheiten gefaselt, nichts Konkretes. Ich bin ja nicht blöd: Diese Missionsheinis schmeißen ihre Leute nur raus, wenn sie in Afrika Geschichten mit schwarzen Frauen haben – und wenn es auch noch rauskommt! Das könnte sein, denke ich, so wie ich meinen lieben Heinrich kenne. Er ist immer ein leidenschaftlicher Mann gewesen … Leidenschaftlich, fromm und jähzornig, eine gefährliche Mischung, sag ich dir! Aber ich weiß wirklich nichts Genaueres. Ich habe ihm geschrieben und ihn gefragt: Hast du was mit schwarzen Frauen gehabt? Aber er dachte ja gar nicht daran, mir auf solche Fragen zu antworten. Wahrscheinlich fand er sie zu dämlich, der arrogante Hund! Stattdessen kam eine neue Bettelliste, länger als alle vorher. Der macht mich fertig, dieser Mann! Ich weiß nicht, ob ich aus der Falle jemals herauskomme!« Haferkamp lächelte und hob zugleich in gespielter Verzweiflung beide Hände.

Nick schwieg. Draußen dunkelte es. Das Lokal hatte sich inzwischen gefüllt, aber sie saßen gut abgeschirmt in ihrer Ecke. Er wusste immer noch nicht, warum Haferkamp ihn sprechen wollte. Um sich über die Bettelei seines Vaters zu beklagen? Sicher nicht. Er wartete. Der Gedanke, sein Vater könnte mit schwarzen Frauen schlafen, war ihm spontan peinlich, auch wenn er mit Genugtuung daran dachte, dass seiner Mutter eins ausgewischt worden war.

»Wie geht es ihm?«, fragte er und war selbst überrascht von seiner Frage. Er wollte es plötzlich wissen. So als sei ihm sein Vater durch die anzügliche Bemerkung Haferkamps näher gerückt. Der Mann schien nur langsam aus seinen Gedanken zurückzukehren. Er sah Nick an, seine Augen waren leicht gerötet.

»Seit ungefähr zehn Monaten hat er sich nicht mehr gemeldet. Ein paar Male habe ich ihm geschrieben, vergeblich«, sagte er. »Ich bin in Sorge. Deshalb wollte ich dich sprechen. Fahr zu ihm!«

»Was soll ich?« Nick beugte sich in seinem Stuhl nach vorn. Er war plötzlich ganz wach.

»Du bist ihm äußerlich wenig ähnlich, nur in der Art zu gehen. Daran habe ich dich erkannt, als du in das Lokal gekommen bist«, sagte Haferkamp mit einem Lächeln in den Augen. Hatte er den Faden verloren? Aber er fuhr sogleich fort: »Ich bitte dich dringend, zu ihm zu reisen. Sobald du es einrichten kannst. Wenn es sein muss, spreche ich mit deiner Direktion, damit du Urlaub bekommst. Ich bin in Sorge.«

»Weil er sich nicht gemeldet hat? Vielleicht braucht er nur gerade keine Sachen von dir!«

Haferkamp schüttelte den Kopf.

»Vielleicht verstehst du das nicht. Aber ich fühle da etwas. Dass es ihm nicht gut geht, dass er Hilfe braucht, in Problemen steckt, die man mit Geld nicht lösen kann. Er ist mein bester Freund, musst du wissen, und ich liebe ihn. Ich kann ihn nicht allein lassen.«

»Warum fährst du nicht selbst?« Nicks Füße scharrten lautlos unter dem Tisch, er konnte sich nicht beruhigen.

»Ich habe Angst davor«, sagte Haferkamp zögernd. Nick sah ihn verblüfft an.

»Angst. Du hast richtig gehört. Ich habe Angst, dass ich vielleicht nicht fähig bin, ihm zu helfen. Geld und Sachen kriegt er von mir jederzeit, aber wenn überhaupt jemand, muss ihm jetzt sein Sohn beistehen … Es gibt Dinge, die kann nur ein Sohn für seinen Vater erledigen! Etwas ist mit ihm, das spüre ich. Glaub mir, Nick. Also?«

Nick schwieg. Die Vorstellung, neben seinem Vater zu stehen, ihn berühren zu können, vielleicht seinen Geruch wahrzunehmen, kam zu plötzlich und zu gewaltig, als dass er etwas hätte sagen können. Die beiden Männer schwiegen. Haferkamp schien trotz seiner Trunkenheit zu spüren, dass er nicht mit einer schnellen Antwort rechnen konnte. Schließlich fuhr er leise fort zu sprechen. Er sah Nick nicht an, der abwesend in das dunkle Fenster blickte, als lausche er einer fremden leisen Klaviermusik von weither.

»Kein Mensch auf der Welt hat mich so verzaubert wie er. Kein Mensch ist gleichzeitig so anmaßend und so bescheiden wie Heinrich. Er ist so etwas wie ein Heiliger, glaub mir, sonst hätte ich längst den Kontakt zu ihm abgebrochen … Ein anmaßender, ärgerlicher, großartiger, aber unmoralischer Heiliger. Manchmal denke ich, er ist der bessere, der wildere Teil von mir selbst, und ich bin nur sein bescheidener Dienstbote für alle Nebensächlichkeiten. Glaub nicht, dass mich das noch stört, ganz und gar nicht. Ich bin ja zufrieden, wenn er das tut, was er tun muss, und helfe ihm gern dabei. Als es anfing, schon als er begann Theologie zu studieren, kam er mit seinen komischen Ideen. Ich habe getobt, mich und ihn verflucht und versucht die Freundschaft zu beenden. Später wurde ich ganz ruhig und wusste, das alles gut war. Ich brauchte ihn sogar, seine ganze Art, die mich umgekrempelt hat … Das ist mir klar geworden in den Jahren. Für mich ist es ein Segen, dass es ihn gibt. Auch wenn er nicht hier ist und ich ihn täglich vermisse … Und mich so gesorgt habe, als er vor drei, vier Jahren in einer Krise steckte. Da war Alkohol im Spiel und er hat mir regelmäßig geschrieben, als brauche er mich plötzlich als Rettungsanker … Aber jetzt geht es nicht um Geld oder Pestizide oder Klamotten für seine dämlichen Neger. Er ist in Gefahr, das spüre ich. Deshalb«, er griff Nicks Hand, beugte sich vor, sein Gesicht war ganz nah vor ihm, »deshalb tu es, reise zu ihm! Sieh nach ihm! Er braucht uns jetzt!«

»Ich werde eine solche Reise nicht bezahlen können«, sagte Nick, mit einer leisen Hoffnung, er könne sich dieser Forderung entziehen, diesem drohenden Abenteuer entkommen. Dass der Mann es ernst meinte, war nicht zu überhören – trotz der Trunkenheit. In seiner Jackentasche spürte Nick bei einer Bewegung die Flugtickets. Er zog sie heraus und legte sie auf den Tisch.

»In fünf Tagen geht mein Flug nach Athen«, sagte er. »Mit Valerie. Ich kann sie nicht alleine reisen lassen. Das musst du verstehen.«

»Wie lang ist dein Urlaub?«, fragte Haferkamp sachlich.

»Drei Wochen.«

»Dann fahr mit ihr drei Wochen nach Tansania. Schick deine Frau für ein paar Tage in eines der Hotels am Meer und flieg du nach Dodoma. Bis dorthin kann man fliegen, ich habe mich erkundigt; dann nimmst du ein Auto nach Kilimatinde.«

»Ich weiß nicht, ob sie das mitmacht. Außerdem müsste ich meine Mutter anbetteln. Ich habe kein Geld«, wiegelte

Nick ab, auch wenn ihn die Vorstellung einer solchen Reise allmählich erregte.

Haferkamp griff in die Tasche und zog ein Scheckheft heraus. Mit schnellen Federstrichen stellte er einen Scheck über sechstausend Euro aus.

»Du sollst deine Mama nicht anbetteln«, sagte er mit einem ironischen feinen Lächeln. »Sonst will sie noch mit! Das können wir deinem alten Herrn nicht antun – nach allem, was zwischen ihnen geschehen ist.«

»Weißt du etwas darüber?«

»Fast nichts. Aber sie war nicht die Frau, die an seiner Seite leben konnte. Ich gebe ihr keine Schuld, nicht dass wir uns falsch verstehen! Um mit ihm zu leben, da braucht es etwas mehr – Verständnis für seine Art Männlichkeit ...« Er grinste. »So etwas darf man im Beisein von Frauen ja gar nicht mehr sagen! Vielleicht gibt es keine Frau, die das aushalten würde, weiß Gott! Nimm das Geld, wenn es nicht reicht, ruf mich an. Nimm ruhig ein teures Hotel für die Frau deines Herzens. Und nicht die billigste Fluglinie!« Er blickte auf seine Armbanduhr. »Ich muss jetzt los zu meiner Familie.«

Nick steckte verlegen den Scheck in die Tasche und begleitete den Mann bis zu seinem Mercedes, der im Halteverbot hinter dem Rathaus parkte. Er blieb stehen, umarmte den Jüngeren plötzlich und hielt ihn lange fest. Nick hörte an seiner Schulter das Schluchzen des Mannes, bis er sich losriss, sich wortlos hinter das Steuer setzte und mit seinem Auto in die Genügsamkeitstraße einbog.

Verratene Nacht

Am nächsten Vormittag, auf dem Weg zum Rathaus, ging Nick ins Reisebüro am Alten Markt und gab die Flugtickets nach Athen zurück. Der schon bezahlte Preis abzüglich einiger Prozente wurde ihm für die Flüge nach Dar es Salaam angerechnet. Er hinterließ beide Pässe, die Agentur würde auf schnellstem Wege die Visa besorgen und auch ein Hotel am Meer buchen.

Den Rest des Geldes, es war der weitaus größere Teil des Schecks, wechselte Nick in Dollars. Von Frankfurt aus würden sie mit *Egypt Airlines* nach Afrika fliegen, mit Zwischenstops in Kairo und Entebbe.

Valerie nahm die Nachricht am Telefon mit einem Jubelschrei auf. Nick hielt stumm den Hörer. Sie war in ihrer Begeisterung nicht zu beruhigen und kritisierte an seiner zögerlichen Haltung herum.

»Andere quälen sich in Hotels zwischen Massentouristen herum – und dir fällt eine solche Reise einfach in den Schoß. Und dann noch mit einem solch abenteuerlichen Auftrag! Du solltest dich schämen, so wenig begeistert zu sein!«

Am Abend des gleichen Tages sahen sie gemeinsam das neue Stück von Werner Petermann *Die verratene Nacht*.

In der Pause fragten sich die Premierenbesucher, ob der Stoff wohl eine historische Vorlage habe. Der Autor stand in der Ecke des Foyers am Eingang zur Kantine, leicht gebückt und verlegen lächelnd. Das sei für ihn nicht entscheidend, sagte er bestimmt, ein Theaterstück dürfe man nicht mit Geschichtsschreibung verwechseln. Dann ging er in die Kantine zurück; er sah sich nie die Aufführung seiner Stücke an, sondern zog sich zurück bis zum Ende der Vorstellung.

Das Stück spielte 1942. Eines Nachts klopft es an die Türe eines gerade verheirateten jungen evangelischen Pfarrers. Ein Kollege aus dem gleichen Ort bittet um Einlass, die Gestapo sei hinter ihm her und er brauche Schutz, denn er entstamme einer jüdischen Familie.

Das junge Paar versteckt ihn, nur nachts kann er manchmal kurze Spaziergänge im menschenleeren Park machen.

Nach einigen Wochen baut sich allmählich eine unangenehme Spannung auf, denn der jüdisch-evangelische Pfarrer beginnt bei den gemeinsamen Mahlzeiten zotige Reden zu führen. Alle Vorhaltungen des Hausherrn fruchten nichts; er verdächtigt seine junge Frau sogar, Freude an diesem Gerede zu haben. Eines Tages gesteht die junge Pfarrfrau ihrem Mann, in seiner Abwesenheit sei der Gast zudringlich geworden, sie habe ihn nur mit Mühe abhalten können, ihr die Kleider vom Leib zu reißen.

Der Hausherr stellt den Amtskollegen zur Rede, aber der reagiert nur mit einer schmutzigen Bemerkung.

In der Nacht, als er zu einem Spaziergang unterwegs ist, packt der Pfarrer die wenigen Sachen des Gastes und wirft sie durch das Toilettenfenster in den Vorgarten. Als der Gast zurückkehrt, wird ihm nicht aufgemacht. Er habe das Gastrecht missbraucht und solle sehen, wo er bleibt. Die junge Frau redet auf ihren Mann ein, das könne er nicht tun! Aber er bleibt hart – und weiß selbst nicht, ob er mehr unter dieser Entscheidung leidet oder unter seinem bohrenden Misstrauen gegenüber seiner Frau.

Der jüdische Pfarrer geht zum Bahnhof, um mit seinem letzten Geld in die nächste Stadt zu fahren, wo er hofft, Freunde anzutreffen. Noch auf dem Bahnsteig wird er verhaftet, erkannt und in ein Konzentrationslager gebracht, wo er später ermordet wird. Im Kellerraum, in dem er übernachtet hat, findet das junge Paar ein Bündel mit Geldscheinen; genug, um die Villa, in der sie wohnen, zu kaufen. In einem Monolog auf der Bühne stellt der Pfarrer Überlegungen an, er könne ja unmöglich den verhassten Nazis das Geld geben; bei der Kirchenleitung aber käme er in Erklärungsnöte. Über die Fragwürdigkeit, sich das Geld anzueignen, fällt kein Wort zwischen den Eheleuten. Im Schlussbild sitzen sie beide schweigend auf einem prächtigen Sofa – und sehen sich nicht an. Dann fällt der Vorhang.

Das Publikum applaudierte, nach einer betroffenen kurzen Pause, heftig und anhaltend. Valerie fand den Beifall gerechtfertigt, der Autor habe ein grandioses Stück geschrieben.

»Was findest du denn daran toll?«, fragte Nick ein wenig irritiert.

»Das ist doch wohl klar!« Sie standen an der Garderobe, Valerie zog sich den Mantel an. »Die Geschichte zeigt im Kleinen, was seit Jahrhunderten im Großen passiert: Die frommen Europäer suchen sich einen Sündenbock, liefern ihn ans Messer, so dass sein Besitz herrenlos ist – und reißen ihn sich unter den Nagel. So sind sie reich geworden, so haben sie es mit den Juden, den Indios in Lateinamerika, den Schwarzen in Afrika und überall gemacht. Das ist genau die infame Vergangenheit, die hinter unserem Wohlstand steht.«

»Das habe ich ganz anders verstanden«, murmelte Nick und folgte ihr zu ihrem Kleinwagen.

»Wie denn sonst? Da bin ich aber mal gespannt.«

»Dass das ein politisches Lehrstück gewesen sein soll, habe ich nicht mitgekriegt, tut mir Leid. Mich hat es deprimiert. In dieser Geschichte sitzen alle in der Falle. Keiner kann raus. Sie belauern sich, bis es knallt: der Pfarrer den jüdischen Amtskollegen, der Jude die junge Frau, die junge Ehefrau ihren Mann und den Juden. Alle ducken sich feige unter einer sie beherrschenden Ideologie. Ihre Moral, ihre Frömmigkeit, ihre Bürgerlichkeit sind nur Attrappe und nützen ihnen nichts. Sie werden alle schuldig, geraten ins Verderben, finden keinen Ausweg, ganz einfach weil sie feige sind und keine Vorstellung vom Leben in Freiheit haben.

Was ist daran so neu, dass man noch ein Stück darüber erfinden muss? Der jüdische Pfarrer gefällt mir noch am besten, er macht aus seinem Herzen keine Mördergrube.«

»Kommt mir sehr abwegig vor, was du da sagst! Ich verstehe dich nicht«, sagte Valerie unwillig und starrte auf den schwachen nächtlichen Straßenverkehr auf der Friedrich-Engels-Allee.

»Was ist denn daran nicht zu verstehen? Sie wollen alle irgendwie das Gute, glauben auf der richtigen Seite zu stehen, aber tun das Böse. Und der Jude hat wie immer den schwarzen Peter. Ihn als schmierigen Gesellen darzustellen finde ich empörend. Mit Überlegungen, wer denn in der Geschichte unrecht gehandelt hat, rennst du gegen die Wand«, sagte Nick und wusste selbst nicht, wohin dieser Gedanke führen sollte. Er war froh, dass er nicht den Auftrag hatte, über das Stück zu schreiben.

»Und wenn der Autor die Geschichte nicht erfunden hätte? Sie passt irgendwie in diese Stadt …«

»Das ändert gar nichts, liebste Valerie!«, sagte Nick.

»Wenn du so denkst, packst du hier in dieser Enge am besten gleich deine Koffer«, zischte Valerie ihn an.

»Wie ich denke, hat doch damit nichts zu tun. Ich dachte, wir reden über das Stück? Und den Koffer packe ich sowieso heute Nacht«, grinste Nick. »Aber mit dir gemeinsam. Auf der Bühne stehen diesmal wir!«

Danke, Mr Haferkamp!

»Was spricht man da, wo dein Papa lebt? Wie sieht es da aus?« Valerie lag im Bikini neben Nick auf einer Liege am Pool des Hotels in der Nähe von Dar es Salaam. Sie betrachteten den Sonnenuntergang am Horizont des Indischen Ozeans. Ein paar Schwarze riefen vom Strand her, hielten Schnitzereien oder Textilien in den Händen und versuchten, sie zu bewegen, zu ihnen zu kommen. Auf das Gelände des Hotels durften sie nicht; überall standen Wächter, um die meist europäischen Hotelgäste vor den Zudringlichkeiten der Händler zu schützen. Etwas abseits feierte eine Familie von Indern und hielt mindestens die Hälfte aller Dienstboten in Bewegung.

»Hauptsächlich Kigogo, die Sprache der Wagogo. Und dann gibt es da noch die Wanyaturu, die Kinyaturu sprechen. Die Jungs da unten haben ihre eigenen Sprachen, je nachdem, aus welchem Volk sie kommen. Aber die gemeinsame Landessprache Kisuaheli lernen alle in den Schulen, soviel ich weiß. Mein Vater hat vermutlich in mehreren Sprachen gepredigt ...«

Nick spielte mit dem Gedanken, gemeinsam mit Valerie bis Dodoma zu reisen. Er zögerte, ihr das vorzuschlagen. Sie müsste in Dodoma bleiben, während er nach Kilimatinde reiste. Wo sollte er sie unterbringen? Was sollte sie in seiner Abwesenheit machen? Dodoma war zwar die Hauptstadt des Landes, aber angeblich ein verlassenes Nest, und es gab dort sicher kein Hotel, wo er sie mit gutem Gewissen für mehrere Tage allein lassen konnte. Außerdem würde sie es ohnehin ablehnen.

»Bist du denn eigentlich nicht aufgeregt?« Sie wandte sich ihm zu. Er spürte ihre Brüste an seinem Körper und legte den Arm um ihre Schulter.

»Und ob ich aufgeregt bin. Aber nicht wegen meinem Papa«, sagte er grinsend. »Komm. Wir gehen auf unser Zimmer. Ich muss früh raus, das Taxi kommt um fünf.«

Er liebte sie drängend und hatte den Eindruck, sie noch nie so begehrt zu haben. Waren das die Tropen? Nach allem, was er davon gehört hatte, trug das Klima hier eher dazu bei, die Männer erschlaffen zu lassen. Trotz seiner überflutenden Begierde war er nicht recht bei der Sache. Er fühlte eine Leere in sich, eine Heimatlosigkeit und Trauer, und immer wieder tauchte der Gedanke auf, diese Reise besser zu verschieben, nicht ins Innere des Landes zu fahren.

Aber er konnte nicht zurück. Wie immer, wenn er in solch zwiespältigen Gefühlen steckte, hatte er die Entscheidung längst getroffen, auch wenn er nicht wusste, wohin sie ihn führte. Dann tat er einfach *etwas*, manchmal ohne zu wissen, warum, und fühlte sich wie jemand, der nicht richtig erwachsen ist.

Sie lagen auf dem Rücken, die Beleuchtung vom Pool

warf fahles Licht durch die leichten Vorhänge auf ihre Körper und auf dem Dach kreischten die Affen. Valerie erschien ihm schöner und begehrenswerter als je zuvor. So etwas wie Stolz stieg in ihm auf. Und da war ein Schmerz, sie zu verlassen, und sei es nur für wenige Tage. Nick konnte gut allein sein, das war es nicht. Aber er würde jemanden brauchen, wenn er vielleicht vor Fragen stand, denen er sich nicht gewachsen fühlte.

Valerie stand auf und öffnete den Kühlschrank. Sie zog eine Flasche Sekt heraus, Nick sah für einen Augenblick ihren nackten Körper im kalten Licht des Kühlschrankes. Sie ließ lachend den Korken knallen. Sie tranken aus der Flasche, die Köpfe an die mit Teppichen verkleidete Wand gelehnt; Sekt lief über ihre Körper und das brachte sie in alberne Stimmung. Vom Ozean her hörten sie die Wellen, die trotz der Windstille hoch gingen. In das Rauschen der Brandung mischten sich Stimmen unter dem Fenster; afrikanische Nachtwächter oder Gärtner. Sie schliefen noch einmal miteinander, als die Flasche zur Hälfte geleert war, und warfen sich dann erschöpft in die Kissen.

»Danke, Mr Haferkamp«, murmelte Valerie. Nick sagte nichts und lachte nicht. Das ist keine Urlaubsreise, dachte er. Sie hat keine Schuld daran, aber es wäre doch besser, ich hätte die Reise allein unternommen. Er hatte ein schlechtes Gewissen.

»Ich rufe dich an«, sagte er. »Entweder im Hotel oder auf deinem Handy. Sobald ich ein Telefon auftreiben kann. Ich habe keine Ahnung, ob es da unten inzwischen Telefone gibt. Irgendwie werde ich dich schon erreichen.«

»Erzähl mir alles, wie es da ist und wie alles läuft. Ich muss mir doch um dich keine Sorgen machen?«

»Unsinn! Afrika ist nur in der Fantasie der Leute gefährlich. Ich weiß nicht mehr viel von früher, und einige Erinnerungen sind sicher nicht ganz richtig. Es gibt viel Buschland, ein paar Hütten und Häuser, und ein gewaltiger Sumpf soll da gewesen sein. Ob ich ihn gesehen habe oder ihn nur aus Erzählungen kenne, weiß ich nicht. Auf jeden Fall Steppe, so weit das Auge reicht. Früher wollte niemand freiwillig nach Kilimatinde. Nur mein Herr Vater natürlich, der bestand darauf, weit im Innern seine Missionsstation aufzubauen. Sie haben ihn für verrückt erklärt.«

»Ist er ein bisschen verrückt?«, fragte sie.

»Vermutlich … Ich habe ihm Haferkamp beschrieben, wie ich ihn zuletzt gesehen habe. Er sagte, das müsse ein anderer Mann gewesen sein, mein Vater habe nie einen Bart getragen. Und von weißen Haaren könne keine Rede sein. Er sagte, es müsse eine Sinnestäuschung, eine Erinnerungstäuschung vorliegen … Seltsam, was?!«

»Wie alt bist du damals gewesen?«

»Gerade mal drei Jahre.«

»Dann wird es wirklich eine Täuschung sein. Mit drei hat man zwar Erinnerungen, aber was man erinnert, geht sehr durcheinander. – Mach dir keine Sorgen, du wirst deinen Papa schon erkennen. Wichtig ist, dass du ihn triffst«, antwortete sie beruhigend und streichelte seinen Arm.

Nick schaltete den Mechanismus ab, bevor der Wecker geklingelt hatte, denn er lag schon wach. Es war wenige Minuten nach vier Uhr. Valerie schlief und rührte sich nicht, als er sich leise anzog. Er schrieb ihr hastig einen Zettel. »Liebste, ich gehe jetzt auf die Reise. In fünf, sechs Tagen bin ich wieder da. Vergiss mich nicht. Dein Nick.« Er nahm seine Tasche, in die er ein paar Kleidungsstücke gepackt hatte, vergewisserte sich, dass er Pass und Geld eingesteckt hatte, zog leise die Tür hinter sich zu und ging durch den langen, von blühenden Büschen gesäumten Gang zum Foyer. In der Nacht musste es geregnet haben, Zweige der Gartenanlage nässten sein Hemd. Das Licht war noch schwach, aber schon intensiv und frisch, obwohl der Tag noch nicht angebrochen war. Eine Katze huschte über seinen Weg, im Baum rührte sich ein Vogel oder etwas anderes. An der Rezeption, die kaum beleuchtet war, stand bewegungslos eine Frau; ihr Gesicht konnte er nicht erkennen. Sie sprach ihn nicht an und er winkte ihr schweigend zu. Im Halbdunkel unter einem Mangobaum in der Auffahrt wartete Moses, der Fahrer, den er für die Fahrt zum Flughafen engagiert hatte; ein Mann, nur wenig älter als er selbst. Moses sprach leise, als wolle er die Morgenstille nicht stören.

Nick war erleichtert, dass der Wagen pünktlich zur Stelle war. Er setzte sich auf die Rückbank des alten Mercedes.

»Good morning, Sir. Zum Flughafen?«, fragte ihn Moses. Schon am Tag zuvor hatte Nick festgestellt, dass der Fahrer sehr gut Englisch sprach. Nick antwortete nach einem Augenblick des Zögerns. Er hatte ganz selbstverständlich das Flugticket nach Dodoma gekauft, weil Haferkamp es gesagt hatte. Erst jetzt, hier im Wagen, dachte er an die Möglichkeit, auf dem Landweg nach Kilimatinde zu reisen. Ob er die Begegnung mit seinem Vater hinauszögern wollte oder plötzliche Sehnsucht danach hatte, durch eine lange Fahrt dem Land näher zu kommen – er wusste es nicht.

»Fahren Sie mich auch bis Dodoma, wenn es sein muss?«

Der Mann lachte tonlos und überlegte offensichtlich, ob der Weiße da hinter ihm einen Scherz mit ihm machte.

»Nach Dodoma, sagten Sie?«

»Ja, mit dem Auto nach Dodoma.«

Moses drehte Nick sein lächelndes Gesicht zu und sagte:

»Nach Dodoma ist es weit. Acht bis zehn Stunden – oder länger. Wollen Sie wirklich bis dahin mit dem Auto fahren?«

»Wenn Sie es machen. Und von Dodoma aus noch ein Stück weiter bis Kilimatinde. Einverstanden?«

Der Mann startete den Motor.

»Mir ist es recht. Dann fahren wir eben nach Dodoma und Kilimatinde. Aber zum Übernachten brauche ich ein Hotel, big Massa.«

»Kein Problem. Vielleicht bleiben wir auch ein bisschen. Geht das, mit Ihren Terminen? Höchstens fünf oder sechs Tage?«

»Wir haben Zeit in Afrika.« Moses lachte wieder leise.

»Das ist es nicht. Aber es kostet Ihr Geld, big Massa. Geben Sie mir fünfzig Dollar am Tag, plus Übernachtung und das Benzingeld. Alles klar?«

Nick klopfte ihm zur Bestätigung ihrer Abmachung auf die Schulter. Es war das erste Mal in seinem Leben, dass er so großzügig mit Geld umgehen konnte.

»Aber lass endlich den Scheiß mit big Massa!«, sagte er.

»Schon in Ordnung, Mister.«

»Ich heiß auch nicht Mister, sondern Nick!«

»In Ordnung, Mister Nick«, sagte Moses und grinste.

Während der Wagen durch ein Gewirr von menschenleeren, noch nicht ausgebauten Straßen schwankte, zog Moses sein Handy aus der Hemdjacke, wählte und unterhielt sich in Kisuaheli mit jemandem. Er redete schnell, wiederholte immer wieder Dodoma und lachte ausgelassen. Nick verstand außer dem Städtenamen ein paar Mal das Wort *mzungu*. Er wusste, so nannten die Schwarzen alle Europäer.

»Ich habe meiner Schwester Catherine Bescheid gesagt, Mister Nick. Jetzt hat sie sturmfreie Bude und ist ganz aus dem Häuschen vor Vergnügen.«

Er lachte wieder und gab Gas, als sie die asphaltierte Straße erreichten.

Wenn der Mond aufgeht

Das grau verputzte Haus mit rostigem Wellblechdach und rohen hölzernen Fensterrahmen unterschied sich nicht von einem Dutzend anderen, die um den riesigen Baum herum einen fast geschlossenen Kreis bildeten. Nur die Schule und die Versammlungshalle einer Sekte unterbrachen die Einförmigkeit dieses Dorfes. Tagsüber stand meist die Türe zum Haus offen, aber seit Monaten rührte sich hier kein Leben. Niemand öffnete die Fenster, brachte Abfall heraus oder fegte die zerbröckelnde Betonterrasse, auf der trockene Blätter, Plastikfetzen und Staub herumlagen. Die Menschen warfen scheue oder neugierige Blicke hinüber und tuschelten, als sei es ein Geisterhaus. Einige hielten den einsamen Bewohner für verrückt, andere, die ihn besser kannten, bedauerten ihn und sprachen von einer schicksalhaften Krankheit.

Seit Monaten war es das gleiche Bild, wenn der Mond aufging. Manchmal nahmen Nachbarn aus der Deckung ihrer Häuser heimlich daran teil, aus Mitgefühl oder Neugier. Niemand kam auf den Gedanken, den großen Mann, der dann vor die Türe trat und sich still auf einem Lehnstuhl niederließ, zu stören. Obwohl ihn alle kannten und nicht wenige seit vielen Jahren mit ihm befreundet waren. Es gab kaum einen, der sich nicht an den Vermutungen über Geldermann beteiligte. Nur der alte Abraham wusste mehr von seinen Leiden. Deshalb litt er seinetwegen auch mehr als die anderen; und weil Henry, wie er Geldermann nannte, sein geliebter Freund war.

Meistens hatte der Mann auf der Terrasse eine Flasche bei sich und stellte sie neben seinen Stuhl. Er trank einen Schluck, wenn er in seinen stillen oder geflüsterten Selbstgesprächen innehielt.

Wenn der silberne Mond aufgeht, fühle ich doch wenigstens, dass ich noch am Leben bin. Diese Stunden gönnt er mir noch. Andere Freuden sind mir in meinem dunklen Loch vergangen, seit er mich verlassen hat. Ich will diese Prüfung annehmen wie früher meine Lebensfreude, das Glück, ihm zu dienen, meine Leidenschaften, die Freude an Menschen, Blumen und Pflanzen, und an seinem Dienst.

Manchmal fiel ihm bei seinen Meditationen das Kinn auf die Brust und er seufzte tief. Wäre man ihm heimlich nahe gekommen, hätte man ihn weinen und winseln hören können wie ein Hündchen, das der Schakal sich unversehens geschnappt hat.

Ich glaubte zuerst in meiner Einfalt, er habe mich von einer Stunde zur anderen in die Dunkelheit gestoßen. Damals, als ich nachts aufwachte und wusste: Es ist geschehen! Gott hat mich verlassen! Aber da habe ich mich wohl geirrt, ich bin immer noch nicht sicher ... Er hat vielleicht nur mit mir Katz und Maus gespielt und mir Stück für Stück seine Hand entzogen. Dass Eli-

sabeth mich verließ und mich quälte, weil sie mir die Kinder nahm und mich demütigte durch die Scheidung, war zu ertragen, weil er bei mir war. Dann, viel später, kam es schlimmer, nur wollte ich es nicht wahrhaben: Ich begann an meiner Arbeit in Schule und Kirche zu zweifeln; das waren die Vorboten. Mir hatte es nie etwas ausgemacht, dass ich irgendwann vor leeren Kirchenbänken predigte, sechs Jahre lang, Sonntag für Sonntag. Ich hatte ja noch alle Gewissheit seines Wortes, wusste immer, dass er an meiner Seite stand, dass es nicht einmal eine schwere Prüfung war, so gut verstanden wir uns. Bis die Zweifel stärker zu nagen begannen, wie Ratten in der Nacht. Ich verdächtigte den Teufel, aber es war des Herrn schwere Hand.

Er beugte sich zur Seite, griff mit der rechten Hand nach der Flasche, die Linke trommelte ungeduldig auf der Stuhllehne. Er trank einen Schluck, ohne sein Gesicht zu verziehen. Es war seit Wochen nicht rasiert worden. Abraham hatte ihn gedrängt, ihm angeboten, ihn zu rasieren. Aber er ließ es nur noch selten zu.

Gab es nicht schon viel früher Zeichen, die ich nur nicht verstanden habe? Als die Missionsgesellschaft, meine lieben Brüder und Schwestern, mich hinauswarfen? … Lächerlichkeiten, die sie mir unterstellten … Nicht das Geld, das sie mir nicht mehr schickten, war mir wichtig, sondern dass sie ihre bigotten Maßstäbe an alles in der Welt legen wollten. Das bisschen Geld interessierte mich nicht. Sollen sie sich doch ihre elenden Spendenpfennige in ihre frommen Hintern stecken! Verflucht noch mal! …

Er trat mit seinen schweren Schuhen zornig auf den Boden, in sein Gesicht trat ein wilder Ausdruck.

Der Herr hatte mich auf einen hohen Sockel gestellt, jede Prüfung stärkte meine Gewissheit, dass er es war, der sie mir schickte, und ich am richtigen Ort seine Sache vertrat. Aber dann kam jene Nacht, die ich nie vergessen werde, weil sie mich in den Staub warf und all meine Zweifel bestätigte. Die Nacht, in der ich wusste, sicherer als ich jemals etwas gewusst habe: Er hat mich verlassen.

Wie soll ich das je beschreiben können? Wenn man von allen Freuden, Genüssen und Leidenschaften neunundneunzig Prozent des Glanzes wegnimmt und der Rest noch mit Mehltau grau belegt ist – das ist die Gottesferne.

Er schaute zum Himmel, der Mond senkte sich langsam, der Schatten des großen Baumes verdunkelte den Platz vor dem Haus, wo Geldermann unruhig auf seinem Stuhl hin und her rutschte.

Wie lange ist das her? Ein Jahr? Vier Briefe kamen seitdem von Rolf, dem guten Freund. Ich habe sie nicht mehr alle geöffnet, glaube ich ... Das hat er nicht verdient ... Ich habe ihm nie gesagt, dass ich ihn liebe ... Was soll ich ihm jetzt schreiben? Ich brauche deine Hilfe, hol mich hier raus? Nein. Ich bin so gut ich kann und trotz der Dunkelheit vergnügt, weil es aus seinen Händen kommt. Wie ich früher seine Gegenwart genießen konnte, das wunderbare Leben, beuge ich mich heute unter seiner Abwesenheit!

Seine Abwesenheit ...

Er, der mir so viel gegeben hat ...

Auf seinem Gesicht erschien für einen Augenblick ein Strahlen, das Licht einer inneren Freude.

Auf jeder Jagd fühlte ich mich wie hundert Nimrods, nach je-

der Liebesnacht wie der Beherrscher aller Sinne und Liebhaber aller Welt und Weiblichkeit, mit jedem Kinderlächeln leuchtete sein Licht strahlend auf. Das kann kein Mensch aus sich heraus empfinden … das kann nur er geben.

Das Leben in seiner Ekstase …

Wie könnte ich je beschreiben, was ich verloren habe.

Heinrich Gotthold Geldermann stand auf, als sich das Mondlicht ganz sanft hinter Wolken zurückzog und die Nacht das stärkste Dunkel erreichte. Sein großer Körper bewegte sich langsam auf der Terrasse, als ginge ein müder Bär zur Ruhe. Er betrat sein Haus mit tastenden Schritten. Die Türe verschloss er nicht, er ging in den Flur, in den ersten Raum zur Linken, der einmal sein Arbeitszimmer war, und warf sich mit seinen Kleidern aufs Bett. Er schlief wenige Stunden unruhig und in Schweiß gebadet, immer wieder aufgeschreckt von den Bildern, die ihm sein Leben in Afrika wie in einem Zerrspiegel vorgaukelten: Augenblicke der Jagd, der Arbeiten am Brunnen, immer wieder die schwarzen Propheten mit ihren Fetischen und Geräten am Hals, die predigend durch Kilimatinde zogen, der Kirchenbau, den er mit Abraham allein bewältigt hatte, Badestunden im Bubu-River, die Nacht, als es geschehen war. Und immer wenn er aufwachte, befiel ihn eine schlimme Verlassenheit, die ihn zu einem winselnden Kind machte.

Gegen acht Uhr, als die Sonne schon hoch stand, kam Abraham, eine Schale mit Brot in der einen Hand, in der anderen seinen kurzen Speer, ohne den er nie ausging. Auch wenn die Kinder auf der Straße manchmal über ihn lachten. Er trat leise an die kalte Kochstelle in der Küche, legte ein Scheit zurecht und entzündete mit Streichhölzern das Feuer. Er nahm einen Lappen, tauchte ihn in Wasser und reinigte den Tisch, auf dem noch Essensreste klebten. Er vertrieb mit einer Handbewegung die Fliegen, die das Haus des Missionars inzwischen zu ihrer Lieblingsheimstatt gemacht hatten. Als der Tee fertig zubereitet war, nahm er zwei Tassen und setzte sich an das Lager seines weißen Freundes.

»*Ale ubite mu mbeko ye cilimila!* Henry, lass uns gemeinsam den Tag beginnen!«

Heinrich Gotthold Geldermann erwachte, blickte sich verwirrt um und setzte sich auf. Die beiden Männer tranken schweigend. Der Blick des alten Schwarzen lag prüfend auf dem Gesicht des Missionars, der seine Tasse mit beiden Händen dicht vor dem Mund hielt und die Lippen tonlos bewegte. Draußen fuhr ein heißer Windstoß durch die Bäume und auf dem Wellblechdach rieben sich Äste mit scharrenden Geräuschen. Vom Platz vor dem Haus hörte man Kinderstimmen. Aus dem Versammlungsgebäude der amerikanischen Sekte erhob sich Gesang – und die hohe Stimme der Predigerin.

»Vielleicht ist das ja der Antichrist, vor dem ich immer gewarnt habe«, murmelte Geldermann leise und versuchte ein Lächeln. Abraham legte ihm begütigend eine Hand auf den Arm.

»Lass sie, sie gehen uns nichts an.«

Er sah ihm in die Augen, fühlte seinen Puls.

»Wenn wir den Tee getrunken haben, gehen wir zum Wasser, Henry. Wir können beide ein Bad gut gebrauchen bei der Hitze. Du musst deine Kleider wechseln!«

Abraham stand auf, ging ins Nebenzimmer und öffnete den Schrank. Ein Großteil der Kleidung des Missionars lag ungeordnet auf dem Schrankboden, zwei, drei ungebügelte, aber saubere Hemden fand er ordentlich in den Regalfächern. Er suchte eine Hose und frische Unterwäsche, nahm eines der sauberen Hemden und legte alles über seinen Arm. Er hakte den Missionar unter und zog ihn mit sich über den Platz. Die wenigen Menschen, die in der Morgenhitze unterwegs waren, sahen ihnen schweigend nach.

Im Garten auf Abrahams Anwesen war ein Bassin in den Boden eingelassen, groß genug, dass ein Dutzend Menschen gleichzeitig Platz darin haben könnten. Der Ort war durch Büsche abgeschirmt wie ein kleines Paradies. Abraham legte die frische Kleidung und ein Handtuch über einen abgestorbenen Baumstamm. Geldermann blickte abwesend auf das Wasser. Der Schwarze begann, ihn und sich selbst auszukleiden, dann stieg er mit dem nackten Weißen ins Wasser, das ihnen bis zur Hüfte reichte. Er seifte den mageren, aber immer noch muskulösen Körper seines Freundes ein und wusch ihn mit der Sorgfalt eines Menschen, der ein wertvolles altes Bild reinigt, ohne es beschädigen zu wollen.

Das war sein Amt, wie er es verstand, seit seinen Freund das Dunkel überfallen hatte. Jeden Tag ging er zu ihm, um mit ihm zu reden, auch wenn er selten eine Antwort bekam. Es war sein Versuch, ihn vor der Verwahrlosung zu retten.

Er ist ein Mann Gottes wie wenige, dachte er. Er ist vielleicht nicht mehr von dieser Welt. Durch Gezeichnete wie ihn wissen wir, dass es Gott gibt und wir seine schwachen Kinder sind.

Abraham kleidete Geldermann an und führte ihn langsam, wie ein Kind an der Hand, in das Haus, das er allein mit seiner Frau Mlenga bewohnte, seit seine Kinder zum Studium in Dar es Salaam lebten. Es war ein geräumiger Lehmbau, durch die Regenfälle der Jahre in schlechten Zustand geraten, so dass Reisig und Stöcke an vielen Stellen der Wände offen lagen. Am Eingang lehnten angebrannte Holzscheite, zwei Schritte vom Haus entfernt begann sein Hirsefeld und der Garten für Gemüse und Kartoffeln.

Auf dem roh gezimmerten Tisch lagen jetzt Bestecke. Abraham schob Geldermann auf einen Stuhl und rief nach seiner Frau. Sie brachte zwei tiefe Teller und führte Geldermann den Löffel mit Hirsebrei und Bohnen zum Mund, bis er genug hatte.

»Bete mit uns, Henry, wie du es immer getan hast«, sagte der Schwarze dann. Seine Frau stand in der Türe zur Küche. Beide falteten die Hände. Geldermann schwieg, der Alte versuchte, ihm die Worte in den Mund zu legen und sah ihn aufmunternd an:

»Wir haben hier keine bleibende Statt ...«

Aber der Weiße sah ihn nur verständnislos an. Abraham

sprach das lange Gebet zu Ende und hielt dabei die Hand seines Freundes.

Dann brachte Abraham Geldermann zurück in seine Wohnung. Er setzte ihn auf sein Bett, stützte seinen Rücken mit einem Kissen und begann, vor sich hin singend, notdürftig den Flur und die Küche mit dem Besen zu reinigen. Die schmutzige Wäsche bündelte er, um sie mitzunehmen.

Gott ist manchmal streng mit seinen Besten, dachte er, als er Geldermann im Halbdunkel des Zimmers allein ließ, aber Gott ist noch unter diesem Wellblechdach und auch inmitten dieser undurchdringlichen Dunkelheit, die ihn überfallen hat. Wenn er das nur begreifen könnte ...

Ich werde mit dem Lehrer Kilenga reden, dachte er. Weil er noch Zeit hatte bis zum Ende der Schule, legte er das Wäschebündel vor die Tür, ging noch einmal zurück in Geldermanns Zimmer und wählte zwei Bücher aus dem Regal, mit denen er sich in den Schatten vor das Haus setzte. Er las in einem medizinischen Fachbuch in englischer Sprache, blätterte nervös hin und her, versenkte sich lange in den Text. Dann griff er nach der schmalen Broschüre. Sie hatte kaum mehr als vierzig Seiten und war auf billigem Papier gedruckt; Gedichte und Lieder in Kigogo, Geldermanns Übertragungen seiner liebsten Texte in die Sprache dieser Hochebene über dem Sumpf von Bahi. Er las die Verse, als lese er sie zum ersten Mal, unterbrach sich selbst hin und wieder und summte Melodien. Er kannte jede Zeile auswendig.

Die Sonne stand schon hoch, als er seinen Speer und

das Wäschebündel nahm, sich den Hut in die Stirn schob und ging. Es waren nur zweihundert Schritte bis zur Schule. Er blickte noch einmal zur Sonne, um sicher zu sein, dass er den Lehrer jetzt antreffen würde. Gegen vierzehn Uhr war der Unterricht zu Ende, Francis Kilenga würde vielleicht schon hinter seinem Haus sitzen und sich sein Essen zubereiten. Aus dem Versammlungshaus der amerikanischen Sekte hörte er wieder Gesänge und kreischende Stimmen. An manchen Tagen verschenkten sie an die Gottesdienstbesucher Kleidung, blitzendes Kochgeschirr für die Frauen und Arbeitsgeräte für die Männer; dann gab es vier, fünf Gottesdienste an einem Tag. Es sprach sich herum und nur wenige konnten widerstehen.

Abraham warf einen Blick auf die verlassen wirkende Missionskirche aus rohen Brettern, die er vor zwanzig Jahren, oder war es länger her?, mit seinem Freund errichtet hatte. Das Gebäude stand abseits der Häuser und hatte jetzt eine Schräglage, als würde es bald umkippen.

Jeden Nagel hatten sie selbst eingeschlagen, jedes Brett gesägt, aufs Dach geschafft und alles sorgsam zusammengefügt. Was hatte Henry den Verstand geraubt? War es, weil niemand mehr seine strengen Predigten hören wollte? Weil er den Unterricht in seiner kleinen Schule vor fast leeren Bänken halten musste, Jahr um Jahr? Er war doch immer ein starker und guter Mann gewesen und alle hatten ihn geliebt und geachtet. Man hatte ja oft genug von seinen Misserfolgen gesprochen, aber Geldermann hatte keine Zweifel erkennen lassen. Nein, von Misserfolgen wollte er nichts hören. Es habe alles seine Richtigkeit,

Gott sei kein Buchhalter. Was Menschen Erfolg nennen würden, sei vor Gott gleichgültig. Und ihm auch! Die Sekten mit ihrem Reichtum, ihren großen Zelten, die sie manchmal errichteten, dem Plunder, den sie den Leuten aufdrängten, die wüten unter den Menschen wie die Heuschreckenplagen im Alten Testament. Das Land müsse sie ertragen. Dann kam jene denkwürdige Nacht, als es geschehen war.

Abraham erinnerte sich, ein Klopfen gehört zu haben und wie er von seiner Bettstatt auffuhr. Er war aufgestanden und hatte, hinter der Türe stehend, leise gefragt, wer da sei. Es war nicht klug, sogleich zu öffnen, manchmal waren Diebe und Mörder unterwegs. Als er Geldermanns Stimme hörte, machte er die Tür auf und sah im Licht der Nacht sein fahles Gesicht und einen unsäglichen fassungslosen Schrecken in den Augen.

»Gott hat mich verlassen, Abraham!«, hatte der Mann nur gestammelt, hatte sich umgedreht und war gegangen. Abraham hatte sich seinen Mantel umgelegt und war hinter ihm her durch die Nacht gelaufen. Unter dem großen Baum auf dem Platz hatte er ihn eingeholt und an seiner Jacke festgehalten.

»Was hast du gesagt, Henry? Gott hat dich verlassen? Habe ich richtig gehört?« Sie standen sich gegenüber, Gesicht an Gesicht, zwei Freunde seit undenklicher Zeit. Von der Nachthitze glänzend die Haut des Schwarzen, matt und fahl die des Weißen. Der Wind bewegte die Blätter und es hörte sich an, als schlügen Wellen leicht an ein Ufer. Ein Schakal verschwand im Schatten. Abraham blickte in die Augen des anderen, und es war ihm, als blicke er in alle Düsternis, die Menschen nicht begreifen können und nur Gott bereithält, wenn er strafen oder prüfen will.

»Ja, Abraham, seit heute Nacht bin ich mir sicher! Ich wachte auf und wusste es: Er hat mich verlassen. Er hat seinen Glauben an mich verloren. Alle Prüfungen waren nichts anderes als ein Spiel mit mir.«

»Willst du etwa sagen, dass es Gott für dich nicht mehr gibt?«

Geldermann versuchte ein Lächeln, aber es verzerrte nur sein Gesicht.

»Jemand, den es nicht gibt, kann einen nicht verlassen, Abraham! Natürlich gibt es Gott, es hat ihn von Anfang an gegeben. Aber von mir hat er seine Hand weggenommen.«

Geldermann war nach diesen Worten auf sein Haus zugegangen und hatte die Türe hinter sich geschlossen.

Ist er verrückt geworden?, hatte Abraham gedacht. Sollte er ihm folgen? Er beschloss, den Tag abzuwarten.

In jener Nacht hatten die langen Monate des Leidens begonnen. Abraham aber war immer an der Seite dieses Mannes geblieben, dessen Geist getrübt war.

Der Lehrer, Dr. Francis Kilenga, hüpfte singend die zwei Stufen hinunter auf den Hinterhof. Als Lehrerwohnung diente ein bescheidener Anbau der Schule. Kilenga hatte die Krawatte abgelegt, die er im Unterricht trug, und sich Turnschuhe und eine kurze Hose angezogen. Ohne aufzublicken sagte er in einem heiteren Singsang:

»Da kommt der alte Abraham, um mir mein bescheidenes Bohnenmahl wegzuessen.«

Er stellte seinen Topf auf die Stufe und klopfte dem Alten freundschaftlich auf die Schulter. Abraham lächelte. Der Lehrer hatte ihn in Kigogo angesprochen und er antwortete ebenso.

»Wenn der Löwe seine Gazelle gefangen hat, soll er sie auch essen. Also iss! Danach muss ich mit dir reden, Mister Dr. Francis Kilenga. Es gibt Dinge, die kann ich nur mit einem gebildeten Mann wie dir besprechen. So ist das leider. Deshalb störe ich deine Mittagsruhe.«

»Ein Lehrer weiß nicht alles, das gebe sogar ich zu!« Francis Kilenga hatte sein eigentümliches Lächeln im Gesicht, für das er überall geliebt wurde. Wer so lächelt, den mögen die Götter, sagten die Leute und lächelten auch.

Abraham machte es sich auf einem alten Autositz bequem, der am Mangobaum lehnte und mit Holzstücken und Keilen einen beinahe sicheren Halt bekommen hatte. Der Sessel hatte früher in einem amerikanischen Straßenkreuzer gesteckt, jetzt war der Plastiksitz aufgerissen, aber es reichte immer noch, um bequem zu sitzen. Ein halbes Dutzend Hühner scharrten unter den nahen Büschen oder genossen ein Bad im Staub. Kilenga nahm seinen Topf und goss einen Brei aus Bohnen, Gemüse und Fleischstücken auf einen Teller. Er setzte sich auf den Boden, stellte das Gericht zwischen seine ausgestreckten Beine und begann zu essen.

»Es geht um unseren weißen Freund? Erzähle!«, sagte er. »Hast du ihn heute schon gesehen? Wie geht es ihm?«

»Ich habe ihn gerade in meinem Becken gewaschen und seine schmutzigen Sachen mitgenommen. In seinem Haus riecht es nach Urin und verdorbenem Essen. Die Wände seines Studierzimmers sind voll gekritzelt mit Sätzen aus der Bibel und mit Fragezeichen. Wenn der Wind sich dreht, kann man in diesem Raum nicht mehr atmen, denn er treibt die Luft aus Latrine und Küche überallhin. Die Türen schließen nicht mehr richtig. Wir müssen ihn davor schützen, denn er kann es nicht mehr allein.«

»Du meinst, wir sollten ihn in eine Anstalt bringen? In Dodoma gibt es ein solches Haus. Meinst du das, Abraham?« Kilenga unterbrach sein Essen und sah den Alten an. Abraham schüttelte den Kopf.

»Das wäre nicht gut, Francis. Vergiss nicht, wer er ist! Noch nie hat hier in Kilimatinde ein Weißer wie er gelebt. Das sagen auch jene, die nicht an Gott glauben. Nur die Großmäuler von den Sekten lachen über ihn. Weil seine Kirche immer leer steht und niemand seine Predigten hören will. Als er noch predigen konnte, saßen manchmal an Sonntagen nur Mama Mlenga und ich in der Kirche, sonst kaum jemand. Aber er hat immer gepredigt, gut vorbereitet, mit Leidenschaft und Vollmacht! Er sei gescheitert, sagen die Sektenleute. Er habe keinen Erfolg. Aber was wissen sie schon von Gott und von seinen Wegen. Nicht einmal von uns wissen sie etwas!« Abraham lachte ohne Bitterkeit und begann umständlich, sich eine Zigarette zu drehen.

»Andauernde Erfolglosigkeit macht jeden Mann fertig«, erwiderte Kilenga. »Vielleicht rächt sich jetzt die lange

Zeit, in der er von der Flasche nicht loskam. Trinkt er noch?«

Abraham schüttelte den Kopf.

»Manchmal nachts, wenn er vor seinem Haus sitzt. Aber nicht viel, Gott sei Dank!«

»Was schlägst du also vor, Abraham? Du kannst ihn nicht ewig pflegen, du bist, ehrlich gesagt, auch nicht mehr der Jüngste. Eigentlich müsste immer jemand an seiner Seite sein. Er ist schwer depressiv. Das ist eine Krankheit, verstehst du? Die hat mit Gott nichts zu tun! Und auch nicht damit, dass er ein Weißer ist. Depressiv werden unsere Leute auch, wahrscheinlich häufiger noch als die *wazungu* ... Eines Nachts nimmt er sein Gewehr und erschießt sich. Ich habe solche Geschichten schon gehört ... Von Weißen, die hier in Afrika leben. Auch von unseren Leuten.«

»Woher willst du Schlauberger denn wissen, was für eine Krankheit er hat? ... Außerdem habe ich schon alle Munition, die ich im Haus finden konnte, mitgenommen«, sagte Abraham. »Aber man kann sich auch ohne Gewehr umbringen.«

»Er hatte doch eine Familie, oder? Warum kommt niemand und kümmert sich um ihn? Seine Frau, seine Kinder?«

»Das verstehe ich auch nicht. Die Frau ist vor vielen Jahren mit den Kindern abgereist und nicht wiedergekommen. Das war ein schwerer Schlag für ihn.«

»Aber getrunken hat er damals noch nicht?«, fragte Kilenga.

»Keinen Tropfen mehr als normal. Er hat erst viel später damit angefangen, vor drei, vier Jahren. Und das ist jetzt auch schon längst vorbei! Nach ihrem Fortgehen kam seine beste Zeit hier. Was hat er nicht alles gemacht ...«

»Frag ihn doch nach ihrer Adresse, oder suche in seinen Papieren«, schlug Francis Kilenga vor. »Dann schreiben wir seinen Leuten. Dass der *walimu* Henry sie jetzt braucht ...«

Abraham schüttelte den Kopf. Er ging nicht auf den Vorschlag ein, ein anderer Gedanke beschäftigte ihn.

»Er hat einen Freund in seinem Land. Manchmal hat er davon gesprochen und ihn in seinen Gebeten erwähnt. Wenn er früher etwas gebraucht hat, hat der Freund ihm die Sachen immer geschickt. Erinnerst du dich? Als wir einen neuen Motor für den Traktor brauchten oder das Mittel gegen die Würmer, die uns die Ernte verdorben haben. Ohne dieses Pestizid hätten alle hungern müssen. Wie durch ein Wunder kamen vier Säcke in Dodoma an. Henry hat sie mit mir abgeholt.« Er lachte vor sich hin, so dass Kilenga seine großen Zähne sah. »Ich habe ihn früher einmal gefragt: Mann, wer schickt dir diese Sachen? Und er hat nur ganz beiläufig gesagt: Es ist wie mit einem Gebet, Abraham. Wenn man etwas Nützliches bittet, wird es erhört. Ich schreibe meinem Freund in meine Heimat, und dann schickt er mir, was wir brauchen.«

Die beiden Männer lachten wie über einen guten Scherz.

»Ja, wie ein Gebet«, sagte Francis Kilenga und stocherte in seinem Essen herum, »eine solche Adresse hätte ich gern. Ich würde diesem Freund schreiben, dass ich eine Frau brauchen könnte, die mir ein besseres Essen kocht.«

Abraham schlug sich lachend auf die Schenkel.

»Hat er erzählt, wer dieser Freund ist?«, fragte Francis Kilenga.

»Er hat gesagt, er sei sein Freund Rolf Haferkamp. Weiter nichts«, sagte Abraham.

»Dann soll doch dieser reiche Freund einmal kommen«, schlug der Lehrer vor. »Oder was meinst du, Abraham?«

Der Alte entzündete mit Streichhölzern seine Zigarette.

»Ich denke, es macht keinen Sinn, Briefe in seine Heimat zu schicken. Briefe dauern lange nach Europa. Und wie soll man in einem Brief erklären, was mit ihm los ist? Außerdem verstehen sie unsere Sprache nicht.«

»Ich könnte in Englisch schreiben«, sagte der Lehrer, »Englisch versteht man überall.«

Abraham schüttelte den Kopf.

»Er braucht sofort Hilfe. Es wird von Tag zu Tag schlimmer mit ihm. Vor zwei Wochen hatte er noch ganz klare Momente, jetzt redet er kaum noch und geht nicht mehr allein vor die Tür. Nur nachts sitzt er vor seinem Haus, dann ist sein Gesicht ganz gelöst und friedlich, ich habe ihm oft zugesehen aus der Ferne. Tagsüber ist er weit weg. Er schreibt oder liest auch keine Briefe mehr. Da liegen Umschläge herum, die hat er noch gar nicht geöffnet! Wir sollten das Gesundheitsamt in Dodoma informieren. Aber dann holen sie ihn ab. Wie denkst du darüber?«

Im Gesicht des alten Abraham standen Zweifel und

Ratlosigkeit. Das Leben hier wäre ärmer, wenn Henry nicht mehr hier wäre, dachte er. Der Lehrer sah ihn ernst an und erriet die Gedanken des Alten.

»Du willst nicht, dass sie ihn holen, ist es das? Warten wir noch. Du und er, ihr glaubt doch an Wunder, oder? Dann wird auch die Lösung eines Tages kommen. Wozu soll sonst eure ganze Frömmigkeit nützen? Kannst du mir das verraten? ...« Er betrachtete lächelnd den Alten, aber als der auf seine provozierenden Fragen nicht einging, fuhr er fort: »Den Arzt in Dodoma, Dr. Kalibata, könnte man anrufen, damit er mal nach ihm sieht.«

»Henry hat nur den Kopf geschüttelt, als ich ihm einen Arzt vorgeschlagen habe.«

»Trotzdem, mein Lieber. Dr. Kalibata ist ein guter Arzt und Psychiater. Vielleicht suchst du ihn mal auf und redest mit ihm. Wir müssen etwas tun für ihn. Bevor es zu spät ist.«

»Also wird der alte Abraham zu Doktor Kalibata nach Dodoma reisen. Gleich morgen früh nehme ich den Bus.« Abraham murmelte einen Abschied, erhob sich und ging davon.

An einer silbernen Kette

Die Straße nach Dodoma war noch ein paar Kilometer hinter Dar es Salaam asphaltiert, dann ging sie über in eine brüchige Sandpiste, ausgebaute Strecken voller Schlaglöcher wechselten mit Schotter, Sand und Erde. Weites Buschland erstreckte sich an beiden Seiten der Straße, so weit das Auge reichte, manchmal Hütten unter ausladenden Schirmakazien, stämmige Baobabs wie missgelaunte alte Männer. Es gab kaum Autos, die sie überholten oder ihnen entgegenkamen. Rinderherden versperrten in stoischer Ruhe die Straße, verharrten unbeweglich in der Tageshitze. Die Sonne stand jetzt hoch und mit ihr verschwand Nicks Schläfrigkeit. Moses, der Fahrer, saß schweigend und lässig hinter dem Steuerrad und vermied geschickt die Schlaglöcher. Aus dem Radio ertönte leise Musik. Je weiter sie nach Westen kamen, umso schlechter wurde die Straße. In der Nähe von Ortschaften war sie breiter und besser ausgebaut, gleich hinter den Ansiedlungen aber wieder von Unkraut und Elefantengras überwuchert, das manchmal in breiten Schwaden auf der Fahrspur lag. Von Zeit zu Zeit mussten sie Ziegenherden vorbeiziehen lassen. Moses fuhr in den Dörfern Schritttempo, denn Kinder und Erwachsene überquerten achtlos die meist verkehrsarme Straße.

Fünf Stunden brauchte der Wagen bis Morogoro. Moses fuhr an eine Tankstelle, die auch Getränke, Sandwichs und Früchte anbot.

Es gäbe hier ein Hotel mit Restaurant, ob er zu essen wünsche. Nick hatte abgelehnt. Er stand, einen Becher Kaffee in der Hand, auf öldurchtränktem Boden, blickte auf die farbige lebhafte Geschäftigkeit in der Mittagshitze und schlürfte das heiße Getränk. Moses hatte den voll getankten Wagen an den Straßenrand gefahren und schwatzte mit einer Frau an einem Marktstand für Gemüse und Obst.

Nick hörte hinter sich ein Grunzen und Lallen und drehte sich um. Unter dem Gebüsch, zwischen einem halb verfallenen Schuppen und der Tankstelle, kroch ein nackter schwarzer Menschenleib hervor. Es war ein magerer, großer und gut gebauter Mann. Er trug eine silberne Kette an einem Fuß, mit der er wie ein Haustier an einem Eisenpflock befestigt war. Er bewegte sich kriechend auf Nick zu, so weit es die Kette erlaubte, und streckte ihm, auf dem Bauch liegend, bittend beide Hände hin. Er lallte unverständliche Worte und an seinem Mundwinkel hing gelber Sabber.

Nick erschrak und war fasziniert zugleich. Er sah sich hilflos um und spürte, wie Empörung in ihm aufstieg. Wie konnte man einen erwachsenen, wenn auch offensichtlich geistesgestörten Mann nackt unter Büschen wie eine Ziege an einer Kette anpflocken? Mitgefühl regte sich, gebannt blickte er in die funkelnden Augen des Mannes, dessen magerer Körper überraschend sauber und gepflegt war. Wer hatte ihn gewaschen? Wo verbrachte diese Kreatur die Nacht? Warum war er hier an dieser Stelle angekettet? War er ein Lockvogel, um von Reisenden ein Almosen zu erbetteln? Das Gesicht des Nackten war nicht entstellt, nur Augen und Lippen verrieten seine Verwirrung durch ihre ständigen unkontrollierten Bewegungen.

Nick ging auf den Wagen zu und zog aus seinem Gepäck eines seiner Oberhemden, um es dem Mann gegen seine Blöße zu geben. Als er sich umdrehte, meinte er, ein erfreutes Lächeln auf dem Gesicht des Blöden zu erkennen.

»Tun Sie das nicht!«

Ein Mann stand plötzlich neben ihm, ein Schwarzer in Overall, eine Schirmmütze von irgendeiner amerikanischen Ölgesellschaft auf dem Kopf. Er trug eine Sonnenbrille mit starken Gläsern, die ihm den Ausdruck von Intellektualität verliehen.

»Er ist nackt. Ich will ihm ein Hemd geben«, sagte Nick.

»Er braucht kein Hemd, unser blöder Amos. Er würde es innerhalb einer Stunde in kleine Stücke reißen, Sir. Wenn Sie etwas für ihn tun wollen, dann geben Sie dem Tankwart ein bisschen Geld, der sorgt für ihn. Nachts lässt er ihn nicht mehr draußen schlafen, sondern kettet ihn in der Garage an. Er hat hier alles, was er braucht.«

Als bemerke er den Zweifel in Nicks Gesicht, fügte er noch hinzu:

»Geben Sie Ibrahim ein bisschen Geld. Das ist der Tankwart. Er ist ein gläubiger Moslem und würde nie einen Pfennig für sich selbst verbrauchen.« Er ging davon, stieg auf die Ladefläche eines knatternden ramponierten Lastwagens, klopfte auf das Blech der Fahrerkabine und der Wagen ratterte davon, ein Wolke von Auspuffgasen hinter sich lassend.

Moses schwatzte noch immer mit der Frau am Gemüsestand. Nick ging in den Kassenraum der Tankstelle. Ein Junge, kaum älter als vierzehn, stand hinter der Registrierkasse.

»Bist du Ibrahim?«, fragte Nick.

»Yes, Mister!«, sagte der Junge.

Nick reichte ihm einen Zehndollarschein über den Tresen hinweg.

»Für den nackten Mann da draußen.«

»Für unseren Freund Amos?«

»Für Amos, ja.«

Mit breitem Lachen und einem fröhlichen Singsang in der Stimme sagte der Junge:

»Die meisten Weißen geben etwas für Mister Amos. Er ist reicher als ich! Vielleicht lasse ich mich da auch anketten, eines Tages.« Er steckte den Schein achtlos in die Schublade, lachte ausgelassen und wartete, ob der Weiße in sein Lachen einstimmen würde. Nick brachte nur ein dünnes Lächeln zustande.

Er setzte sich abseits auf eine rostige Tonne, um den verwirrten Mann nicht sehen zu müssen, und rauchte. Wie ein zurücklaufender Film gingen ihm die gerade verflossenen Reisestunden durch den Kopf, die eintönige Landschaft ohne Abwechslung. Da war selten ein Hügel, der den öden Horizont lebendiger machte. Hatte er unterwegs einen See gesehen, oder war es ein Trugbild?

Wasser, ein See oder ein Fluss wären ihm heimatlich vertraut vorgekommen, obwohl die Erinnerungen an seine ersten Lebensjahre in einem dichten Nebel lagen. Wie kann man Erinnerungen zwingen? Sie tauchten auf, wenn er sie nicht erwartete, und zerfaserten sich ins Unwirkliche, wenn er sie rief. Er sah sich selbst als Kind an der Hand seiner Mutter, und sie standen an einem Fluss, da war er ganz sicher. Er sah seinen Vater im Talar am Sonntagmorgen, auf dem Weg zu einer kleinen Holzkirche, die er selbst errichtet hatte. Ein Afrikaner hatte ihm bei den Zimmermannsarbeiten geholfen. Woher kamen diese Bilder? Er sah den Schwarzen auf dem Gerüst, mit einem Hammer in der Hand, während sein Vater Bretter oder Balken hochreichte und dem Afrikaner etwas zurief. Wie hieß dieser Mann? Ein biblischer Name. Abraham oder Jakob vielleicht. Immer neue Bilder aus seiner Erinnerung drangen durch die Nebeldecke. Waren es überhaupt seine eigenen Erinnerungen? Oder die seiner Schwestern?

Sie waren ein paar Jahre älter als er, hatten hier länger gelebt und früher gerne erzählt. Es hatte ihn damals wenig interessiert; aber trotzdem hatte er sich ausgeschlossen gefühlt.

In einem Nebensatz hatte Sofie, die ältere seiner Schwestern, von Papa gesagt, er sei ein liebevoller Vater gewesen. Und Martha hatte einmal ein Lied angestimmt, das er den

Mädchen abends vor dem Schlafengehen gesungen hatte. Nick hatte den Neid in seinem Innern versteckt.

Er wünschte jetzt, er hätte vor der Abreise ausführlicher mit seinen Schwestern gesprochen. Warum hatte er sie nicht über ihre Zeit in Afrika und ihren Vater ausgefragt? Stattdessen hatte er sie nur angerufen und sie, ohne Einzelheiten zu nennen, darüber informiert, dass er nach Afrika reisen würde. Sie hatten keine Möglichkeit gehabt zu reden, denn er war eilig gewesen. Und jetzt stand er allein mit seinen Fragen da.

Wie konnte man in einem solchen Land leben? Was hatte seinen Vater, den Missionar Geldermann, bewogen, für immer hier zu bleiben? Was war zwischen ihm und seiner Mutter geschehen? Es ist ungewöhnlich, dass Missionare einwilligen, sich scheiden zu lassen. Aber es war ihr Wunsch gewesen, das wusste er. War es nur wegen Walter Grünenberg? Er konnte sich das irgendwie nicht vorstellen. Als die beiden sich kennen gelernt hatten, war er noch ein Kind gewesen.

Nick hatte nur ungenaue Vorstellungen von einem Familienleben. Manchmal war er erleichtert gewesen, ohne Vater zu sein, wenn er mitbekam, wie es in Familien seiner Freunde zuging. Die Mütter beherrschten Leben und Alltag, kümmerten sich scheinbar um alles, die Väter trotteten irgendwie nebenher. Manchmal schlugen sie ihre Kinder und meistens waren sie unausstehlich.

Der arme Junge muss ohne Vater aufwachsen, hatte er oft hören müssen. Seine Mutter hatte sich dazu nie geäußert –

und ihn hatte bisher nicht beschäftigt, was dieser Satz, in dem sich offensichtlich alle Erwachsenen einig waren, und das Schweigen seiner Mutter zu bedeuten hatten. Aus Bemerkungen seiner Schwestern wusste er, dass der Vater auch ein strenger Mann gewesen war, ohne dass sie je ausdrücklich darüber geredet hätten. Er schlug seine Kinder bei jedem größeren Vergehen – oder was er dafür hielt. Nick konnte ihre Behauptung, er wäre ein liebevoller Vater gewesen, und seine Schläge nicht in einen Zusammenhang bringen. Seine Mutter schlug auch. Bis sie wieder verheiratet war und das Interesse daran aus irgendwelchen Gründen verlor. Hatte Grünenberg damit zu tun und es ihr vielleicht sogar verboten? Nie zuvor war ihm diese Möglichkeit in den Sinn gekommen.

Nick sah von seiner Öltonne aus Hütten mit Giebeldächern und rundlaufender enger Veranda, die den Regen von den Lehmmauern abhielt. In der Ferne wirbelte ein Lastwagen eine Staubwolke in den Horizont. Auf den Feldern standen verstreut Grashütten oder einfache Trichter aus Palmzweigen. Für die Wächter, die Vögel verscheuchen sollten. Lohnte solche Mühe wegen ein paar elender Hirsekörner?

Nick ging die paar Schritte zum Auto. Die magere Gestalt des nackten Schwarzen lag jetzt auf der Seite, sein großes Geschlechtsteil hing ihm über dem Oberschenkel und berührte den öligen Boden. Der Mann hatte den Kopf in den Nacken gelegt und sah ihn an. Unter Nicks Blick, so schien es ihm, erigierte sein Penis. Er riss seinen Blick los von diesem zudringlichen Bild und wandte sich ab.

Neben ihrem Auto fiel Nick plötzlich ein, dass er keinen Fotoapparat mitgenommen hatte; er hatte ihn im Hotel in Dar es Salaam vergessen. Wie konnte ihm das passieren? Jetzt kam die Gelegenheit, Fotos von seinem Vater zu machen. Für sich und seine Schwestern, das wäre seine Pflicht gewesen! Er kannte die alten Bilder aus einem zerfledderten Album, es war Jahre her, seit er sie zuletzt angesehen hatte. Das Gesicht seines Vaters war auf allen diesen Fotos undeutlich, entweder im Schatten eines Tropenhelms oder wie zufällig abgewandt. Alle Familienbilder wurden von der Gestalt der Mutter beherrscht, weil sie immer Kinder auf den Armen trug und sie in den Vordergrund rückte. Eine stolze Frau, stolze Mutter, die etwas vorzuzeigen hatte.

Würde er erfahren, warum sie damals abgereist war und sich von ihrem Mann hatte scheiden lassen? Immer mehr Fragen drängten sich ihm auf. Nick dachte daran, sie sich aufzuschreiben. Ihn beherrschte plötzlich ein starkes Verlangen – hier auf dem öldurchtränkten Boden neben der Tankstelle, hinter sich den schwarzen Geistesgestörten, in einer Mischung aus Sehnsucht und Angst –, ihn, seinen Vater, endlich wiederzusehen.

Würde er ihn umarmen, vielleicht sogar küssen?

Er errötete bei dem Gedanken, als sei es eine unerlaubte Fantasie. Und trotzdem wollte er diese Spannung lebendig halten, wie etwas, das er lange Zeit ersehnt hatte. Er musste keine Mühe dazu aufwenden. Er hatte es zum ersten Mal seit Beginn der Reise eilig. Er winkte dem Fahrer, der immer noch am Gemüsestand herumlungerte.

»Wie weit ist es noch bis Dodoma?«, fragte er.

»Oh Mann, jetzt wird die Straße schlechter. Fünf, sechs Stunden. Oder mehr. Je nachdem, wie wir das packen.«

Nick setzte sich auf den Beifahrersitz. Er wollte die Gegend, wo er geboren war und wo sein Vater lebte, schon bei der Anfahrt sehen – und sich vielleicht erinnern. Vierzig Meilen hinter Dodoma nach Südwesten lag Kilimatinde. So zeigte es die Karte.

Stunde um Stunde quälte sich der Wagen durch die meist eintönige Landschaft.

Moses wies auf eine Reihe von unfertigen Gebäuden mit offenen Fensterhöhlen.

»Da kommt unser wunderbares Dodoma!«

Diese völlig verrückten Häuser im Plattenbaustil hätten die Koreaner gebaut, aber nie fertig gestellt. Weil Tansania plötzlich nicht sozialistisch genug gewesen sei. Moses lachte wie über einen guten Witz. Einige weiß getünchte Villen, viele rostige Dächer, Verkehrsampeln ohne Verkehr, leuchtende farbige Frauengewänder, das Parlamentsgebäude auf einer Anhöhe, Staub überall. Das war die Hauptstadt dieses Landes. Hier soll es lange nicht geregnet haben, hatte Nick im Internet gelesen. Galt das auch für Kilimatinde? Die Männer auf den Straßen hatten die Farbe des Staubes, trugen Lumpen aus Altkleidersammlungen oder ölige Overalls. Manchmal war ein Mann im schwarzen vornehmen Anzug mit Aktentasche zu sehen. Eine eigenartige Mischung: in Lumpen die Männer, in leuchtenden Farben die Frauen. Ein leichter heißer Wind fuhr durch das Auto. Moses sang vergnügt vor sich hin. »Oh meine ewige Perle Dodoma!«

Wohl gelaunt schlug er leicht mit der Hand auf das Steuer. Die Figürchen an der Scheibe, ein Affe, ein Mädchen aus rosa Plastik in Minirock, ein islamisches Amulett, schwankten hin und her.

»Hier bleiben wir besser nicht, Mister Nick. Kein besonders schöner Ort, dieses Dodoma. Besser, wir fahren noch ein Stück … Die Affen bringen hier die kleinen Kinder um, habe ich gehört.«

»Spar dir das Mister. Ich heiße Nick. Affen in der Hauptstadt, sagst du?«, fragte er uninteressiert.

»Hundsaffen. Die sind so groß wie die deutschen Schäferhunde und noch gefährlicher. Sie fressen auf den Feldern den Mais und die Hirse, und die Bauern dürfen keine Gewehre besitzen und auf sie schießen. Also hungern sie und versuchen, die Hundsaffen mit Knüppeln zu erschlagen. Das bringt natürlich die Tierschützer auf die Palme. Die Biester kommen bis in die Stadt.«

»Was sind Hundsaffen?«, fragte Nick.

»Eine eklige Pavianart. Zum ersten Mal hier, Nick?« Der Mann sah ihn von der Seite her an.

»Ich bin in Kilimatinde geboren, erinnere mich aber nicht mehr daran. Ich war zu klein, als wir abgereist sind.«

Er dachte daran, wie Haferkamp seine Erinnerung korrigiert hatte. Also wusste er weniger von diesem Land, als er sich eingebildet hatte. Trotzdem hatte Afrika ihn begleitet, seit er denken konnte. Ganz einfach, weil sein Geburtsort hier lag. Es war eher lästig gewesen, weil er den exotischen Ort und warum er hier geboren war, immer wieder erklären musste. Was war es eigentlich, das ihn mit Afrika noch verband? Genauso viel, genauso wenig wie mit meinem Vater, dachte er und lächelte unsicher.

Der Wagen zog eine dichte gelbbraune Staubwolke hinter sich her, als die letzten Häuser Dodomas aus ihrem Blickfeld verschwunden waren.

Der Fahrer konzentrierte sich auf die Schlaglöcher, ohne weitere Fragen zu stellen. Nick war es recht, er war selbst in Gedanken versunken. Seine Augen suchten den Horizont ab, so als müsse endlich etwas Bekanntes aufscheinen. Ein Baum, ein Gebäude, eine Ruine, ein Landstrich. Vergeblich. Der Staub verdunkelte die Sonne und setzte sich in alle Poren. Nick hielt sein Taschentuch vor Mund und Nase. Es dämmerte.

»Wir müssen hier übernachten«, sagte Moses. »Wegen der schlechten Straße. Sonst mache ich mir den Wagen kaputt.« Er drosselte das Tempo. Sie hatten eine kleine Ortschaft von fünfzig oder mehr Häusern erreicht, nicht einmal ein Restaurant war zu sehen.

Moses stieg aus, um sich die Beine zu vertreten und nach einem Hotel zu fragen. Er sprach einen Mann an, der über einen Trampelpfad aus einem Maisfeld kam und einen großen Fisch auf dem Kopf trug. Also musste ein See oder ein Fluss in der Nähe sein.

Die beiden unterhielten sich, der Fischer zeigte die Straße hinauf. Der Klang der Sprache rührte in Nick etwas Vertrautes an und erinnerte ihn an seine Mutter, wie sie in seiner Kindheit manchmal von Afrika erzählt und fremde

Worte eingeflochten hatte. Seit ihrer Heirat mit Grünenberg hatte sie das nicht mehr getan.

Moses fuhr langsam weiter, seine Augen suchten die linke Straßenseite ab.

»Zwei Stunden noch bis Kilimatinde. Aber im Dunkeln können wir nicht fahren, Sir. Wegen der schlechten Straße und wegen der Überfälle«, murmelte er. »Das hat mir der Fischer gesagt. Besser, wir übernachten hier in Manyoni.« Er lenkte auf einen Seitenstreifen.

Ort der schönen Vögel

An einer Mauer zu ihrer Linken stand in großen Lettern HOTELI PARADISE MANYONI – ALL INCLUSIVE. Ein paar kleine Gebäude verbargen sich hinter der Mauer, sie sahen für Nick nicht gerade vertrauenerweckend aus. Sie betraten die Anlage, so etwas wie eine Rezeption schien es nicht zu geben.

Ein geschäftiger kleiner Wirt wies Nick ein Zimmer zu, dessen Tür auf den Hof hinausging. Die Wände des Raums waren mit Zement sauber verputzt; über dem einfachen flachen Bett hing zusammengeknotet ein Moskitonetz, daneben stand ein Stuhl aus Plastik. Der Wirt, der seinen Gast mit nacktem Oberkörper bediente, winkte und zeigte ihm auf der gegenüberliegenden Seite des Hofes eine Wassertonne. Vor den Blicken anderer Gäste schützte ein löchriger schwarzer Plastikvorhang, der über einen Draht gelegt war.

»Hier können Sie sich waschen, Sir«, sagte der Wirt geschäftig. »In einer halben Stunde ist Ihr Essen zubereitet.«

Nick würde seinen Vater heute nicht mehr sehen. Morgen würde er ihm im grellen Mittagslicht gegenüberstehen. Das waren seine einzigen Gedanken, Müdigkeit und Anspannung der Reise benebelten ihn. Er ging, ein frisches Hemd und Handtuch über die Schulter gelegt, über den Hof zur Wassertonne und wusch sind. Eine Blechdose diente als Schöpfkelle. Er hätte sich gern am ganzen Körper gewaschen, aber dort, wo er stand, schützte ihn der Vorhang nur zur Hofseite hin, und er war den Blicken von vier jungen Frauen ausgesetzt, die vor dem Küchengebäude mit der Zubereitung des Essens beschäftigt waren. Im Hof standen Tische, auf jeder Tischplatte eine Blechbüchse, offensichtlich für Kerzen gedacht, wenn es ganz dunkel war. Von seinem Fahrer Moses war nichts zu sehen.

Nick zog das Hemd über den Kopf, das er dem nackten Verrückten hatte geben wollen. Schweiß trat sofort durch das Gewebe, aber er hatte das Gefühl, sich frisch gemacht zu haben. Schweiß lief auch an seinen Beinen hinab, das war ihm jetzt gleichgültig. Er setzte sich an den rohen Holztisch, der seiner Zimmertür am nächsten stand.

Kaum hatte er seinen Platz eingenommen, kam eine junge groß gewachsene Schwarze mit langsam-tänzelndem Gang auf ihn zu, stützte beide Arme auf den Tisch, das Gesicht ganz nahe vor seinem. Er sah Schweißperlen auf ihrer Nase. Ihr Mund war grellrot geschminkt, ihre großen runden Ohrringe goldfarben und mit grünen Streifen abgesetzt.

»Na, mein Hübscher! Was darf ich dir bringen?«, fragte sie langsam mit tiefer zärtlicher Stimme auf Englisch und lächelte ständig dabei. Ihre großen Zähne strahlten makellos.

»Ein Bier. Wenn möglich, kalt.« Nick fühlte sich durch ihre Nähe bedrängt, aber sie gefiel ihm auch. Sie bewegte sich nicht fort.

»Welches Bier willst du denn, mein hübscher Fremder?«, fragte sie, immer noch mit ihrem Lächeln im Gesicht, als spiele sie eine Verführung in einer Filmszene.

»Ich hab keine Ahnung, welches Bier man hier trinkt. Hauptsache, es ist kalt.«

»Was denkst du denn! Natürlich ist es kalt«, sagte sie tadelnd und tat beleidigt. »Also welche Marke wollen wir denn haben? Heineken oder Primus?«

»Wir wollen Heineken«, sagte er und wünschte, sie würde sich ein wenig fortbewegen, weil ihre Brüste so dicht vor ihm waren und sein Herz klopfte.

»Heineken ist nicht da. Das kriegen wir hier erst am Wochenende wieder, verstehst du?«, sagte sie, immer noch mit diesem Lächeln, das ihm jetzt den Eindruck vermittelte, sie nähme ihn nicht ernst. »Wollen wir so lange warten, mein Hübscher? Bleiben wir denn bis zum Wochenende in Manyoni?«

»So, Heineken ist nicht da. Was trinken wir denn dann?« Er versuchte unbeholfen, auf ihre Neckerei einzugehen – wenn es neckisch gemeint sein sollte.

»Wenn du später tanzen willst, wäre Primus das Beste für dich, mein Hübscher«, sagte sie. Er spürte nun Ärger aufsteigen, weil sie sich auf seine Kosten zu amüsieren schien.

»Nun bring mir erst einmal ein kaltes Bier. Ich habe Durst, verstehst du? Alles andere findet sich, schöne Frau.«

»Also Primus?«

»Natürlich Primus. Ich kann nicht bis zum Wochenende warten. Auch wenn wir das sehr bedauern …!«

Sie lachte ausgelassen, als hätte er einen Witz gemacht. Er war dankbar, als Moses mit seiner roten Schirmmütze in der Toreinfahrt auftauchte. Moses nickte ihm zu, setzte sich aber nicht zu ihm an den Tisch. Er ging in das gegenüberliegende Gebäude und zog die Türe hinter sich zu. Ein kaum zwölfjähriges Mädchen, das sich einen blauen Kugelschreiber in seine krausen Haare gesteckt hatte, legte mit einem Knicks und verlegenem Lächeln eine Gabel auf Nicks Tisch. Langsam füllte sich der Hof, Männer und Frauen und ganze Familien aus dem Ort ließen sich an den Tischen nieder, gut gelaunt die kühle Abendluft genießend. Nick war der einzige Weiße. Die Gäste fixierten ihn kurz, widmeten ihm aber keine besondere Aufmerksamkeit.

Die Schwarze, die ihr Spielchen mit ihm getrieben hatte, stellte eine große Flasche Primus vor ihn hin.

»Fass sie mal an«, flüsterte sie und bewegte spielerisch ihre Brüste. »Die kalte Flasche meine ich natürlich, du böser Junge!« Mit wiegenden Schritten ging sie davon, eine Hand im Nacken haltend. Die Flasche war tatsächlich eiskalt. Gab es hier Strom? Er hatte keine Leitungen gesehen und in seinem Zimmer stand eine Petroleumlampe.

Entweder hatte sie vergessen, ein Glas mitzubringen, oder es war hier üblich, aus der Flasche zu trinken. Er nahm sie und trank. Er glaubte, dass die gesamte Hofgesellschaft ihre Blicke auf ihn richtete. Das Geplänkel mit der schönen Schwarzen hatte ihn angeregt und seine melancholische Stimmung vertrieben.

Ich bin hier ein Fremder und doch irgendwie zu Hause, wie diese Leute auch, dachte er und lächelte vor sich hin. Er hätte sie gerne wissen lassen, dass er gar nicht weit von hier entfernt geboren war, genierte sich aber im gleichen Augenblick über das Bedürfnis, eine Nähe herzustellen.

Das Mädchen mit dem blauen Kugelschreiber im Haar stellte wieder mit einem Knicks einen gefüllten Teller auf den Tisch. Nick stocherte in dem Gericht aus Reis und Fleischstücken herum, das mit einer braunen Soße übergossen war. Er hatte nichts bestellt. Vielleicht gab es hier nur eine Sorte Essen, nämlich diesen ungenießbaren Fraß. In einem fremden Land muss man die Sitten respektieren, dachte er missmutig und aß lustlos. Er spülte ein wenig von dem Essen mit Bier herunter, ließ das meiste auf dem Teller liegen und ging in sein Zimmer. Vielleicht würde er schon schlafen können.

Er lag auf dem Bett. Auf dem Hof begann ein Fest. Musik schepperte aus dem Radio oder von einem Plattenspieler. Vermutlich wurde getanzt, denn er hörte das Scharren der Sohlen auf dem Betonboden und Gelächter. Er wollte nicht mehr aufstehen und dämmerte vor sich hin, wenngleich ihn der Lärm und ein höllischer Durst quälten. Das verdammte Essen!

Er erwachte irgendwann in der Nacht aus einem Tiefschlaf, als sein Magen revoltierte. Er fuhr hoch und konnte sich in der Dunkelheit gerade noch bis vor die Türe schleppen. Er erbrach sich lange, eine Ewigkeit lang und Unmengen, alles platschte auf den Betonboden vor seiner Türe. Die Würgerei schüttelte ihn so heftig, dass sein Kopf dröhnte und er alle Gedanken an Scham vergaß und nur noch hoffte, es möge vorbeigehen. Völlig ermattet lehnte er, nur mit Shorts und einem Hemd bekleidet, an der Wand, beruhigt, dass er allein auf dem Hof und um ihn herum stille Nacht war. Eine Katze nagte an einem Knochen, weiter entfernt quiekte eine Ratte.

Nick schleppte sich, als seine Kräfte zurückkehrten, bis zur Wassertonne, spülte den Mund aus und wusch sich das Gesicht. Er schöpfte einen Becher Wasser und versuchte, das Erbrochene wegzuwischen. Fünfmal machte er auf wackligen Beinen den mühsamen Weg, die Blechbüchse in der Hand. Dann versagten seine Kräfte. Aber es war einigermaßen sauber geworden. Kein Besen war zu entdecken, um die Reste wegzufegen. Es roch nach schmutzigen Babywindeln. Ermattet ließ er sich auf den Stuhl fallen, wo er seine Mahlzeit eingenommen hatte.

Sein Kopf sank auf den Tisch und er schlief ein. Als er wach wurde, wusste er nicht, ob er eine Minute oder eine Stunde geschlafen hatte. Die Arme waren steif von der ungewohnten Haltung.

»Komm, trink was, Mister Nick! Das hilft dir auf die Beine.«

Nick sah im Mondlicht Moses, seinen Fahrer. Er saß ihm gegenüber und hatte zwei Literflaschen Primus vor sich stehen.

»Wo kommst du her?«, fragte Nick.

»Ich konnte nicht schlafen, mein Freund. Und dann sah ich dich hier. Gemeinsam kann man besser wachen.«

»Mir war übel. Ich habe mich übergeben müssen«, sagte Nick.

»Das riecht man, verdammt noch mal!«, sagte Moses. »Aber mir macht das nichts aus. Manchmal geht es nicht anders.«

»Es war das versaute Essen.«

»Wer weiß. Nicht immer ist es das Essen gewesen.« Moses kicherte tonlos.

»Wie meinst du das?«, fragte Nick. Er nahm einen Schluck von dem kalten Bier und zu seiner Überraschung protestierte sein Magen nicht. Der Pelz auf seiner Zunge schien weggespült zu sein und er war dankbar.

»Na, komm! Du stehst doch verdammt unter Druck. Ich weiß nicht, weshalb, vielleicht wegen deiner Reise nach Kilimatinde. Meinst du, ich sitze zehn Stunden mit jemandem im Auto und merke nichts? Jedenfalls wundert's mich nicht.«

»Ich treffe meinen Vater. Nach über fünfzehn Jahren sehe ich ihn wieder. Er lebt in Kilimatinde.« Sie konnten ihre Gesichter nur als dunkle Schemen erkennen und es war ihnen leicht, miteinander zu sprechen. Die Luft war angenehmer als am Tage und keine Moskitos belästigten sie. Katzen und Ratten huschten unter den Tischen herum und vergnügten sich mit den Essensresten. Aus den Wolken trat langsam der Mond und erhellte ihre Gesichter ein wenig. Hinter dem Dach des Küchengebäudes ragte eine Palme in den Nachthimmel.

»Na! Wenn das kein Grund ist.« Moses sog an seiner Zigarette. Nick blickte in sein dunkles Gesicht und sah den roten Punkt der Glut, die aufglühte und wieder verschwand.

»Hast du einen Vater?« Nick spürte, wie sich mit dem kühlen Bier seine Zunge löste und er befreiter sprach.

»Ich hatte einen, aber was soll's?! Väter sind nie da, wenn man sie braucht. In manchen Familien hauen sie immer einfach ab«, sagte Moses. »Erst mein Großvater, dann mein Alter. Der ist im Krieg gegen Uganda gefallen, ich war noch ein kleines Kind. Den Krieg haben wir gewonnen, aber mein Alter war weg. Paff, schon war er ein Held.«

»Und was ist mit deinem Großvater?«

»Der war Deutscher. Er hat meinen Papa in aller Ruhe gezeugt und ist dann auf und davon.« Ihre leisen Stimmen und ihr Schweigen zwischen den Sätzen fügten sich ein in diese Nacht wie der sanfte Wind und das Mondlicht. Sie tranken geräuschlos und rauchten und sahen sich ungeniert in die Gesichter, sie waren sich nah und durch das Dunkel auch weit entfernt und wie in Sicherheit.

»Wie – für immer?«

»Er hat seinem schwarzen Täubchen, als sie schwanger war, Juwelen und Geld gegeben und ist dann in seine Heimat gereist. Kümmere dich gut um den Jungen, hat er noch gesagt, so als wüsste er, dass es ein Junge sein würde. Es war ein Junge. Mein Papa. Meine Großmutter hat ihm den deutschen Namen seines verschwundenen Vaters gegeben.«

»Er ist nicht zurückgekommen?«

Moses zögerte mit seiner Antwort und bewegte seinen Kopf hin und her.

»Ja und nein. Ehrlich gesagt, ich weiß es nicht. Manchmal denke ich, er war wieder hier, manchmal glaube ich es nicht. Vielleicht möchte ich glauben, dass er zurückgekommen ist. Ist ja auch egal. Meine Großmutter hat nie Genaueres über ihren Geliebten erzählt. Mein Vater hatte da eine ganz klare Haltung. Wir lassen ihn in Ruhe, hat er gesagt, er hat da in Deutschland sein eigenes Leben, da mischen wir uns nicht ein. Das hat er meinen Geschwistern eingetrichtert, die sind älter als ich und erinnern sich noch an ihn. – Was macht dein Vater in einem Kaff wie Kilimatinde?«

»Er ist Missionar. Oder war es, ich bin nicht sicher. Wir hatten keinen Kontakt mehr. Meine Alten haben sich getrennt, meine Mutter hat einen anderen. Ich hatte meinen Vater einfach vergessen.«

Moses schwieg. Dann stand er auf, ging über den Hof in das gegenüberliegende Haus, wo offensichtlich die Vorräte untergebracht waren, und kam mit zwei vollen Flaschen Primus zurück.

»Erzähl einfach weiter.«

»Mehr ist da nicht. Er ist seit über fünfundzwanzig Jahren hier. Sein Freund in Deutschland kam auf die Idee, dass es ihm vielleicht schlecht geht. Er wollte, dass ich mich um ihn kümmere, das könne jetzt nur ein Sohn! Er hat mir einen Scheck gegeben und mich auf die Reise um die halbe Welt geschickt.« Sie lachten beide. Moses öffnete mit seinem Feuerzeug die Flaschen.

»Oh Mann! Er hat dich mit Geld voll gestopft und auf Reisen geschickt? Zu deinem Papa?«

»Genau das hat er getan. Meine Freundin sitzt im Hotel in Dar und wartet auf mich. Im *Silver Sand Beach Hotel*.«

»Beste Adresse. Ich habe oft Kunden da. Warum hast du sie nicht mitgenommen?«

»Ich glaube, ich fand es besser so. Nach so langer Zeit. Wer weiß, wen ich da antreffe – und ob sie mich nicht zum Teufel schickt, wenn sie meinen Alten gesehen hat.« Sie lachten wieder beide und tranken.

»Weil er vielleicht nicht viel taugt, dein Alter? Na, immerhin ist er dein Erzeuger. Daran kannst du nichts ändern. Ihm geht es schlecht, sagst du?«

»Weiß ich nicht. Das war nur so eine Idee von seinem Freund. Eine Freundesahnung sozusagen. Von dem mit dem Scheckbuch. Ich weiß nicht mal genau, wie mein Vater aussieht.«

»Ein Mann mit Scheckbuch hat Ahnungen, wo gibt es das denn? Ich dachte, so was haben nur wir Afrikaner! – Du hast kein Foto von deinem Alten?«

»Nur ganz undeutliche.«

»Was willst du mit ihm machen?«

»Keine Ahnung. Das ist es ja …« Sie schwiegen und tranken.

»Immerhin lebt er vermutlich noch«, murmelte Moses. »Ich kann mich um meinen Alten nicht mehr kümmern.« Plötzlich sprach und lachte er in einem hohen bösen Gegacker: »Nur Blümchen auf sein Grab legen! Irgendwo in Uganda. Aber mich schickt da keiner hin, mit einem dicken Scheck in der Tasche!« Sein Lachen versickerte, er war jetzt ohne Bitterkeit. Dass Moses' Vater irgendwo in Uganda sein Grab hatte und wie der Sohn darüber sprach, berührte Nick und er spürte Mitgefühl. Aber besser, er macht Witze darüber, als dass er weinerlich wird, dachte er.

»Ich will dir mal was sagen, Mister Nick. Weißt du, was ich tun würde an deiner Stelle? Wenn ich eine nette Freundin im *Silver Sand Beach Hotel* am Meer und die Taschen voller Geld hätte? Ich würde hinfahren nach Kilimatinde, würde ihm Guten Tag sagen, mich ein bisschen umsehen, ein, zwei Fotos machen und dann verschwinden. Zu deiner Freundin ins Hotel. Mach dir ein paar schöne Tage am Swimmingpool oder geh mit ihr auf Safari! Alles andere hat sowieso keinen Sinn. Er ist die ganze Zeit ohne dich ausgekommen. Oder hat *er* dich etwa gerufen? *Komm, mein lieber Sohn, ich brauche dich?!* Also wird er dich nicht brauchen und du hast da nichts verloren. Seinem Freund mit seinen blöden Ahnungen schuldest du nichts! Oder?«

Die neuen Flaschen waren fast leer.

»Genau so habe ich mir das auch vorgestellt«, sagte Nick. »Ein paar Tage Kilimatinde, zwei Wochen Strand mit meiner Süßen, dann zurück nach Deutschland. Auftrag ausgeführt. Soll er doch sehen, wie er zurechtkommt. Er hat mich schließlich mein ganzes Leben lang nicht gebraucht, oder? Und wenn ich ihn irgendwann gebraucht hätte, hätte er es nicht erfahren. Also war es ihm offensichtlich egal!«

Sie lächelten beide abgeklärt und steckten sich neue Zigaretten an. Der Boden unter ihnen war bald übersät von ihren Kippen und den Kronkorken der Flaschen, die sie achtlos vom Tisch rollen ließen. Moses holte neues Bier. Die leeren Flaschen standen wie Zeugen ihres nächtlichen Gesprächs auf dem Tisch. Aus irgendeinem Zimmer hörten sie ein Husten.

»Weg ist weg«, sagte Moses und stellte die Flaschen ab. »Ob einer so abhaut oder wie mein Alter einfach im Krieg bleibt. Für unsereinen kommt es auf das Gleiche raus. Ist ja nicht gerade toll, oder?«

»Ich habe ihn nicht vermisst, wenn ich ehrlich bin«, sagte Nick.

»Ich musste mir ewig die Geschichten von seinen Heldentaten anhören.«

»Meine Mutter hat aufgehört, von ihm zu sprechen, seit sie einen neuen Kerl hat. Aber auch vorher nix von Heldentaten, eher das Gegenteil!«, murmelte Nick.

»Einen neuen Kerl hat sie?«

»Richtig. Einen Scheißkerl.«

Nick trank.

»Meine hat auch wieder einen, ein Stück Mist, mehr ist er nicht wert. Ehrlich!«, sagte Moses.

»Der von meiner Mutter auch nicht. Vielleicht sind wir ja ungerecht, wenn wir über diese Kerle reden, oder was meinst du? Vermisst du ihn manchmal, deinen Papa?« Nick starrte sein Gegenüber mit schon unsicherem Blick an. Moses' Gesichtszüge, soweit er sie im Dunkel erkennen konnte, rührten sich nicht.

»Wenn ich ehrlich bin, ja. Ich denk mir, das Leben wäre besser mit ihm gewesen.«

»Was wäre besser gewesen?«, fragte Nick.

»Na, dass man nicht so herumhampelt, verstehst du? Besser Durchblick hat, weiß, worauf es ankommt. So ähnlich, denke ich. Sicherer sein mit all dem Scheiß hier, verstehst du? Ist ja nur so eine Idee, dass einem so was ein Papa geben kann. Irgendwozu muss doch ein Vater gut sein, oder?«

»Ehrlich, ich habe noch nie darüber nachgedacht, nicht wirklich.«

Nick lehnte sich zurück und streckte die Beine aus. »Vielleicht ist es ganz gut, ihn jetzt endlich mal zu treffen. Besser spät als gar nicht. Vielleicht kann ich mit ihm reden und weiß dann besser über so einiges Bescheid.«

»Was meinst du mit ›so einiges‹?«, fragte Moses.

»Na, wie man so ist und warum nicht anders. Warum man manches ewig versteckt, für sich behält und herumeiert. Nicht so die Linie halten kann, verstehst du? Auch mit den Frauen zum Beispiel.«

»Frauen kriegen schnell raus, was mit einem los ist. Die lauern auf so was. Wenn du Glück hast, bist du an eine gute geraten. Die meisten taugen nichts, sie nutzen deine Schwäche aus und machen einen Trottel und Hampelmann aus dir. So sind die meisten ... Also hampelst du auch herum, wenn ich dich richtig verstanden habe?«, fragte Moses interessiert und verzog sein Gesicht zu einem Lächeln.

»Sieht ganz danach aus, vermute ich. Ich hielt das immer für normal. Ich habe mich durchgezittert, bei Frauen, im Beruf, in allen möglichen Sachen. Ist ja vielleicht nicht so schlimm, aber ich wünschte, es wäre anders. Ich bin mir immer erst sicher, wenn mir jemand sagt: Da kannst du sicher sein! Vorher weiß ich nie so recht. Das ist nicht so toll – und vielleicht nicht nötig. Wenn man nicht weiß, wie es anders wäre, dann steht man sowieso im Dunkeln.«

»Was willst du machen«, sagte Moses, »vielleicht ist es mit einem Kotzbrocken als Papa auch nicht besser. Es gibt nicht viele gute Männer, denke ich. Die meisten sind echte Ärsche. – Nur du und ich nicht, versteht sich!«

Moses erhob sich.

»Na, das wird ja ein Tag! Ich denke, wir sollten noch ein bisschen schlafen, oder?« Er stand am Tisch, ein wenig schwankend, beide Arme aufgestützt, und sah grinsend auf Nick herab.

»Soll ich dir die schöne Schwarze noch ins Zimmer schicken? Das Superweib, das dich bedient hat?«, fragte er.

»Wie? Ist sie eine Nutte?«

»Quatsch! Die ist keine Nutte, aber sehr schön. Sie mag dich. Das haben alle gesehen, als sie dich bedient hat. Mann, war ich neidisch auf dich! – Sie würde bestimmt nicht nein sagen zu einer schnellen Nummer mit dir. Ich wette, sie hat dir versteckte Angebote gemacht.«

»Keine versteckten, nur ganz offene … Nach so viel Bier würden mir heute Nacht schon ihre Titten für eine halbe Stunde reichen«, sagte Nick.

»Sie hat wohl Mama-Titten?«

»Was sind Mama-Titten?« Nick erhob sich auch und trank den Rest aus seiner Flasche.

»Na, komm, Bruder! Würde mich doch sehr wundern, wenn es bei dir anders wäre …«

»Mann, ich verstehe nichts. Was soll bei mir anders sein?«

»Dass du scharf wirst, wenn Frauen die gleichen Titten wie deine Mama haben. Das ist bei unsereinem so, ob du willst oder nicht. Mal darüber nachgedacht?«

Nick spürte, wie ihm das Blut ins Gesicht schoss.

»Du meinst, wir wollen eigentlich nur mit der eigenen Mama schlafen?«

Moses hob beschwörend seine Hände.

»*Das doch nicht!* Nur das Drumherum, das macht uns scharf. Frisur, Haare, Brille, Titten oder was die Mama sonst so hat. Im Bett ist das anders! Wenn dir eine ganz nahe ist, dann bist du endlich deine Mama los. Da hat sie nichts verloren und Sohnemann lacht sich eins ... Darum sind unsere Mütter so eifersüchtig, wenn in unserem Leben eine Lady auftaucht. Dann fängt das Zerwürfnis meist an, weil sie jetzt auch noch den geliebten Sohn verlieren ... Würde mich schon wundern, wenn das anders wäre bei dir, big Massa.«

»Woher weißt du solche schlimmen Sachen«, murmelte Nick.

»Musst du nur genau hingucken. Schließlich bin ich sicher ein halbes Dutzend Jahre und einige Semester an der Uni älter als du.«

»Ich will mal darüber nachdenken, schwarzer Mann, wenn ich nüchtern bin«, sagte Nick und machte einen unsicheren Schritt. »Sag mal: Du hast irgendwas studiert – und fährst trotzdem Taxi?«

»Ohne Studium kommt bei uns keiner ans Steuer, big

Massa! Mal ohne Quatsch, es gibt sonst keine Arbeit für die meisten, die studiert haben. So ist der gute alte Moses Taxiunternehmer geworden. Ein Taxi, ein Fahrer. Tolles Unternehmen, was? – Ich bleib morgen ein bisschen in deiner Nähe«, sagte Moses. »Falls du mich brauchst. Man weiß ja nie, was kommt. O.k.?«

Als Nick aufwachte, war draußen erste Dämmerung und ein Wind bewegte den Vorhang lautlos vor seinem Fenster. Das Moskitonetz hatte er nicht heruntergelassen, hier in Manyoni gab es keine Mücken.

Er zog seine Hose an und ging, das Handtuch und sein Waschzeug unter dem Arm, über den Hof. Auf den Tischen sah er im Licht des sich langsam ankündigenden Tages unangenehm deutlich Essensreste auf den Tellern und Knochen auf dem Boden, über die sich immer noch die Katzen hermachten. Die Ratten waren verschwunden. Noch schien niemand außer ihm auf den Beinen zu sein. Auf seiner Armbanduhr war es kurz nach fünf. Als er zufällig nach oben blickte, blieb er einen Augenblick lang gebannt stehen: Vogelschwärme bewegten sich in Formationen, die den ganzen Himmel einnahmen. Vor dem jetzt helleren Blau, wo es schon Sonnenstrahlen gab, spielten sie in den Luftströmen, ließen sich fallen, stiegen auf, schlugen Kapriolen und durchquerten ihre eigenen Fluglinien.

Nick hatte den Eindruck, als würden Vögel mit hellem und dunklem Gefieder spielerisch den Himmel gestalten wollen. In immer neuen Wellen und Wogen zeichneten sie ihre Bilder in die blaue Weite. Ein schwarzer Storch flog weit oben fast bewegungslos über dem Spiel der Vögel, als dirigiere er ein Ballett.

Nick wusch und rasierte sich vor einem halbblinden Spiegel, der an einem rostigen Fensterkreuz baumelte, und zog das Hemd vom vorigen Abend über den Kopf. Es roch bereits, doch er musste sparsam mit seiner Wäsche umgehen. Irgendjemand hatte die Reste seiner Kotzerei neben der Tür zu seinem Zimmer sauber weggefegt.

Als er seine Tasche gepackt hatte und wieder vor die Türe trat, war wie von Geisterhand der Tisch mit den leeren Bierflaschen abgeräumt, säuberlich abgewischt und mit einem Teller und Messer gedeckt. Der Boden war sauber gefegt, alle Kippen und Kronkorken waren verschwunden. Er setzte sich und schon kam die groß gewachsene junge Frau auf ihn zu. Sie schien gut ausgeschlafen zu sein, war frisch geschminkt, stützte ihre Arme wie am Abend vorher auf den Tisch und sah ihn an.

»Primus oder Heineken, mein Hübscher?«, fragte sie mit ihrem anzüglichen Lächeln.

»Am liebsten mit dir einen Walzer! Oder steht dein Angebot von gestern Abend nicht mehr? Und ich habe die halbe Nacht wach gelegen … Bring mir erst einmal ein Frühstück«, sagte er gut gelaunt und sie lächelte, wie sie am Abend vorher gelächelt hatte.

»Ich kann keinen Walzer, mein Hübscher.« Sie verzog neckisch ihren Mund. »Aber sonst eine Menge. Mit Rührei?«

»Ohne Rührei. Ich kann auch keinen Walzer. Aber sonst alle Tänze, die man sich so vorstellen kann …« Sie lachten laut und ausgelassen und sie legte wieder eine Hand in ihren Nacken. »Nur Toast und Marmelade. Und starken Kaffee. Die Rechnung kannst du gleich mitbringen«, sagte er. Sie entfernte sich mit wiegenden Tanzschritten in Richtung Küche. Wo war Moses? Sie hatten verabredet, früh aufzubrechen. Nick aß lustlos ein Stück von einer zähen Toastscheibe mit sehr süßer Marmelade und trank den Kaffee. Er ließ die Tasche vor seiner Türe stehen und ging auf die Straße. Der Wagen stand nicht am Platz, wo er am Abend vorher geparkt war. Nick durchfuhr ein leichter Schrecken. Im Kofferraum lag seine Jacke mit seiner Brieftasche und dem größten Teil des Geldes, das Haferkamp ihm mitgegeben hatte. Wenn Moses nicht mehr auftauchte, würde er nicht einmal das Hotel bezahlen können. Er ging zurück und klopfte an die offen stehende Türe des Küchengebäudes. Der eilfertige Mann vom Vortag, der ihm sein Zimmer gezeigt hatte, erschien, mit einem Küchentuch in der Hand.

»Wo ist der Fahrer, mit dem ich gestern gekommen bin?« Nick versuchte, ruhig zu sprechen und seine Sorge zu verstecken.

Der Mann wischte seine Hände trocken.

»Moses meinen Sie? Der kommt schon. Es ist noch früh, Sir. Er hat nicht hier übernachtet. Trinken Sie in Ruhe noch einen Kaffee. Moses kommt ganz sicher.« Nick fragte nach einer englischsprachigen Zeitung. Es gab hier keine. Er setzte sich an den Tisch in der Nähe seines Schlafraumes. Es war jetzt hell und angenehm kühl, die Sonne noch nicht aufgegangen. Im Durchgang zur Straße spielten schwarze Kinder, sie machten sich an einem alten Hund zu schaffen. Nick konnte nicht erkennen, was sie an dem Tier interessierte oder ob sie ihn quälen wollten. Ab und zu jaulte der Hund. Der Himmel war bewölkt. Auch der zweite Kaffee schmeckte, als sei er vor zwei Wochen gekocht worden. Die Zeit strich hier vorbei wie die unbewegte Luft, träge wie der hellgrüne Gecko an der Wand. Nick konnte nicht ruhig sitzen, suchte in seiner Tasche das Handy und wählte die Nummer von Valerie. Ein undefinierbares Geräusch drang aus dem Gerät, aber es kam keine Verbindung zu Stande. Nick versuchte es vergeblich ein zweites Mal. Er sah Moses mit seiner Schirmmütze durch das Tor zum Hotel kommen und erhob sich.

»Ich hoffe, du hast gut geschlafen in diesem Ort der schönen Vogelschwärme«, fragte Moses gut gelaunt.

»Hast du sie gesehen, heute früh?«

»Aber sicher! Das ist hier für Fremde die absolute Attraktion. Manyoni heißt *Ort der schönen Vögel*, big Massa. Hast du das gewusst?«

»Verdammt, nenn mich nicht big Massa. Sonst denke ich mir eine Anrede für dich aus, die dir gar nicht gefällt. Wo hast du geschlafen?«, fragte Nick.

»Du – meinst – Nigger?« Moses weitete seine Augen und bleckte seine Zähne, ohne eine Spur von Ärger zu zeigen. »Bei meiner älteren Schwester, sie ist hier verheiratet. Es war schön, sie wiederzusehen, Mann!« Er lächelte und ging mit Nick zum Auto, das hinter einer Mauer geparkt war. Moses gab ihm seine Jacke aus dem Kofferraum.

»Die hätte leicht jemand klauen können«, sagte Nick.

»Keine Sorge. Der Wagen war die ganze Nacht bewacht. Für einen Dollar.«

»Für ein paar Dollar mehr hätte ihn vielleicht jemand aufgebrochen, oder? Deine Schwester wohnt hier, sagst du?«

»Ich arbeite von Dar aus. Wenn ich in die Nähe komme, will ich sie immer besuchen. Ich bin aber selten in dieser Wildnis. Weite Strecken vermeide ich, wenn es geht. Der Schlitten hier hat schon 350 000 Kilometer auf dem Buckel. Habe ich von der deutschen Botschaft gekauft, als er da ausgedient hatte. Ich hoffe, er hält noch ein bisschen, Mister Nick. Mindestens bis Kilimatinde, zu deinem Papa.« Er lachte.

Nick ging noch einmal zur Küche des Hotels und bezahlte dem Wirt seine Rechnung. Sie betrug ein wenig mehr als fünf Dollar.

Moses ließ vorsichtig den Wagen an und horchte zufrieden auf die Geräusche des Motors. Er legte den ersten Gang ein, lehnte sich aus dem Fenster und gab einem barfüßigen Jungen einen Geldschein.

»Nur noch eine Stunde«, sagte Moses. Genauso gut hätten wir gestern bis Kilimatinde fahren können, dachte Nick. Aber es war vielleicht besser, dem Vater nicht zuerst bei Nacht zu begegnen. Im Tageslicht war es irgendwie angemessener. Sie fuhren durch Hirsefelder und Buschland, von einzelnen Höfen stieg dünner Rauch in die Morgenluft. Am Horizont sah man undeutlich ein flaches Gebirge aufragen. Nick war nicht sicher, ob nicht eine Spiegelung der Hitze ihm das vorgaukelte. Die Räder des Wagens wühlten sich durch Staub und eine dichte braune Wolke folgte ihnen. Der Weg ging stetig bergan.

Moses wies mit dem Kinn auf eine Reihe rot blühender Bäume, vielleicht zwei, drei Kilometer entfernt.

»Dahinten, bei den Bäumen, ist Kilimantinde. Dort siehst du noch die Ruinen der deutschen Militäranlage. Mein Großvater hat hier bei der deutschen Schutztruppe gedient. Das war einer ihrer Stützpunkte, als sie sich hier breit gemacht haben, eure Jungs. Hat nur bis zum Ende des Ersten Weltkrieges gehalten. Dann kamen die Engländer. Soll auch nicht besser gewesen sein ...«

Nick schwieg. Er hatte nur undeutliche Vorstellungen von der deutschen Kolonialgeschichte in diesem Land.

Als Moses seine Hand erhob, um auf die Sümpfe von Bahi zu zeigen, jenseits des Felsvorsprungs, knallte der Motor zwei, drei Male. Moses fuhr an den Rand der Schotterpiste und spielte mit dem Gas. Der Motor hustete noch einmal und verstummte.

Moses öffnete die Kühlerhaube, verbrannte sich die Hand, schraubte herum und zog an Kabeln.

»Dafür brauche ich ein bisschen Zeit, mein Lieber. Keine Ahnung, wo es hapert bei der alten Dame. Vermutlich die Benzinpumpe.« Er blickte zum Ort hinüber, die ersten Dächer waren in Sicht gekommen.

»Wenn du willst, kannst du warten. Oder du gehst schon mal voraus. In einer halben Stunde bist du zu Fuß in Kilimatinde. Ich finde dich da später. Wie heißt dein Vater, sagst du?«

»Heinrich Gotthold Geldermann.«

»Mein Gott, was für ein Name! Wie soll ich den behalten. Egal. Ich frage nach einem weißen Missionar. Den kennt sicher jeder da.«

Nick nahm seine Jacke.

»Soll ich dir jemanden von der Werkstatt schicken?«, fragte er. Moses lachte gut gelaunt.

»Versuch's mal, nur zum Spaß. Die schicken mir den Medizinmann oder Zauberer, was glaubst du denn? So etwas wie eine Werkstatt gibt's in Kilimatinde nicht.«

Nick ließ seine Tasche im Kofferraum des Mercedes zurück und machte sich auf den Weg.

»Keine Sorge, ich finde dich, big Massa!«, rief ihm Moses nach. Er stand lachend vor der offenen Kühlerhaube und wischte sich das Öl von den Händen.

Im Haus meines Vaters

Kilimatinde war kleiner und irgendwie ungeordneter als in Nicks Vorstellung. Seine Mutter hatte immer von einem elenden Nest in der Steppe gesprochen; es war tatsächlich kein Schmuckstück. Hospital und Backsteinkirche machten einen ordentlichen Eindruck, sonst gab es noch ein paar Lagerhallen, verstreut liegende Lehmhäuser und Hütten verteilten sich über eine große Fläche. Anfang und Ende des Ortes waren nicht zu erkennen. Nick versuchte vergeblich, einen See zu entdecken. Die Kirche, die sein Vater gebaut hatte, war in Sichtweite eines Gewässers, meinte er sich zu erinnern. Also würde er an das Ufer gehen und eine Kirche suchen. Vielleicht erkannte er sein Geburtshaus wieder. Ob der Alte da noch wohnte? Er würde sich durchfragen müssen. Es war keine Sonne zu sehen, der Himmel war grau wie ein schmutziges Putztuch und die Luft so schwül, dass ihm das Atmen schwer fiel. Die einzige Straße durch den Ort war kaum besser als ein Feldweg, aber die rot blühenden Bäume gaben allem hier etwas Festliches. Nick stapfte durch Staub. Schwere Eisengitter wurden vor den wenigen Geschäftseingängen und

Handwerkerläden hochgezogen. Schulkinder in blauen und grünen Uniformen schwatzten auf ihrem Weg, eine jämmerliche Kirchenglocke schlug zweimal. Als er näher kam, sah er, dass es hier keine Glocke gab. Eine rostige Autofelge hing an einem Ast, jemand hatte mit einem Eisenstück dagegen geschlagen. Nichts außer den blühenden Bäumen war hier wirklich farbig, über Häusern und Straßen lag rotbrauner Staub. Ein heftiger Regen würde alles verändern, dachte er. Wo war der See, von dem aus man die Kirche seines Vaters sehen konnte? Er ging an die einzige Tankstelle und fragte einen Mann in zerlumptem Overall. Der verstand kein Englisch und Nick lief in die Richtung, wo er so etwas wie eine Ortsmitte vermutete. Er schritt zögernd an den Geschäften vorbei, betrachtete die Angestellten, um abzuschätzen, wen er ansprechen könnte. Er fragte einen hellhäutigen Mann, der eine islamische Kopfbedeckung trug, wo er den See finden würde.

»Was wollen Sie? Hier gibt es keinen See.« Er wies mit einer Hand nach Osten. »Nur da, hinter dem Hospital, da sind der See und die Sümpfe von Bahi. Die Gegend ist für einen Spaziergang wenig geeignet, Sir!«

»Ich suche eine kleine Kirche. Da muss es eine kleine christliche Kirche geben. Mit einem weißen Missionar. Er wohnt ein paar Häuser weiter.«

Der Mann, offensichtlich arabischer Herkunft, sah ihn verblüfft an.

»Folgen Sie hier diesem Weg, nach zweihundert Metern, vor der zersplitterten Akazie, gehen Sie nach links, nach Osten über ein Stück Grasland mit nur wenigen Hütten, bis zu einem großen Platz mit mehreren Häusern, einer Schule und einer Kirche aus Brettern. In der Mitte des Platzes steht ein riesiger Baum. Sie können es nicht verfehlen, Sir.«

Nick bedankte sich. Er vermutete, dass der Mann ihm hinterhersah.

Er spürte Müdigkeit in seinen Beinen, die Luft war hier stickiger als in Manyoni und es schien, als würde sein Hals anschwellen. Vermutlich habe ich heute Nacht zu viel geraucht, dachte er – und sah plötzlich weit vor sich die Sümpfe. Sie erstreckten sich bis zum diesigen Horizont, in Grau und Nebel getaucht. Sie hatten nichts von jener Majestät, die irgendwo in seiner Vorstellung lebendig war. Vielleicht ist mein Kopf noch nicht ganz klar, dachte er. Durch die trübe Luft erkannte er verschwommen wie durch einen Filter, dass weiße Vögel auf das Wasser stießen. Er stolperte und wandte den Blick ab. Drei struppige Hunde balgten sich im Dreck. Ein schwarzer Junge, auf einen Stab gestützt, ließ ihn wortlos vorbeigehen, betrachtete ihn schweigend und ohne Neugier. Er bog in den Trampelpfad bei den Resten einer zerschundenen Akazie ein und ging jetzt auf einem Weg, der nirgendwohin zu führen schien. Nach hundert Metern sah er in einer Senke den Platz, von dem der Araber gesprochen hatte. Ein großer Baum mit weit ausladenden Ästen warf Schatten über eine große Fläche. Nick kam näher. Am Kindergeplärre erkannte er die Schule, die anderen Gebäude, die im Kreis um den Platz herum gebaut waren, schienen an diesem Morgen menschenleer. Er ging auf die Schule zu, um eine erwachsene Person zu finden, die ihm Auskunft geben könnte. Aber die Lehrer waren im Unterricht, vermutete er. Also kehrte er auf die Mitte des Platzes zurück und sah sich um.

Er war schweißnass und froh, dass ein wenig Wind von den Klippen herüberwehte.

Nick setzte sich auf eine rostige Tonne unter den Baum, um zu verschnaufen, steckte sich eine Zigarette an, obwohl sein Hals immer noch belegt war. Ich brauche was zu trinken, dachte er.

Er hatte das Haus nicht auf den ersten Blick erkannt. Aber da stand es plötzlich, als sei es wie ein Trugbild herangerückt, im Schatten einer Platane. Es war ein einfaches, flaches, grau verputztes Gebäude mit Wellblechdach. Zwei Fenster an der Vorderfront, dazwischen die Türe. Früher hatte es, so erinnerte er sich, eine überdachte Veranda gehabt. Sie war nicht mehr da. Oder auf der anderen Seite? Die Fenster waren kleiner als in seiner Erinnerung. Keine Gardinen, die Türe stand offen. Es sah trotzdem aus wie unbewohnt. Wie war er darauf gekommen, sein Vater würde nach fünfundzwanzig Jahren noch im gleichen Gebäude leben?

Nick erhob sich und warf seine Kippe weg. Ich werde es gleich wissen, dachte er, schüttelte den Kopf, als müsse er ihn von seiner Dumpfheit befreien. Er strich mit den Händen sein feuchtes Hemd glatt und ging auf das Haus zu.

Auf dem Weg setzte er seine Schritte steif und unsicher und bemühte sich, die Erregung unter Kontrolle zu bringen. Vor dem Haus war eine bröckelnde Betonfläche, Reste von Abfällen und trockenen Blättern lagen herum, zwei alte Stühle standen da, ein weiterer lag umgekippt daneben.

Nick blieb im Eingang stehen und versuchte, im Dunkel des Flures etwas zu erkennen.

»Ist hier jemand?«, fragte er auf Deutsch, ohne darüber nachgedacht zu haben. Nichts rührte sich. Er ging einen Schritt in den Flur. Es roch unangenehm. Seine Augen gewöhnten sich langsam an das Dunkel.

»Ist hier jemand?«, fragte er noch einmal auf Englisch und horchte. Der Flur führte durch das ganze Haus, er sah das Licht des Hinterausgangs, ein paar Büsche und Pflanzen, dahinter eine Mauer. Zwei Türen links, drei rechts, wie er es in Erinnerung hatte. Also war er richtig hier. Wo war die Veranda geblieben? Ein blöder Gedanke jetzt. Nick klopfte an die linke erste Türe, es musste das Arbeitszimmer seines Vaters sein. Niemand antwortete, aber er spürte fast bedrohlich, dass jemand im Haus war, hinter dieser Tür. Er legte die Hand auf die Klinke und öffnete.

Er sah als Erstes einen Schreibtisch, voller unordentlicher Papiere, dahinter ein Bücherregal. Er betrat den Raum.

Auf einer Pritsche lag ein Mann, das Gesicht zur Wand gedreht. Er schien zu schlafen, seine Haltung war so, dass er vermutlich unbequem lag; seine rechte Hand unter dem Kopf, die Linke vor dem Gesicht zu einer Faust geballt. Ohne das Gesicht des Mannes erkennen zu können, wusste Nick, dass es sein Vater war.

»Wer bist du?«, fragte der Mann auf Englisch, ohne sich zu bewegen.

»Ich bin Nick.« Er war am Schreibtisch stehen geblieben und nahe daran, das Fenster aufzureißen, um die stickige Luft hinauszulassen.

»Was für ein Nick?«, fragte der Mann, jetzt auf Deutsch, mit einer Stimme, die nichts von Schläfrigkeit an sich hatte.

Was sollte er antworten? Ich bin dein Sohn? Ich bin Nick Geldermann? Er spürte, wie Ärger in ihm aufstieg.

»Ich reise um die halbe Welt, um dich zu besuchen, und du hast es nicht mal nötig, dich auf deinem verdammten Bett aufzurichten.«

»Bist du mein Sohn Nikolaus?«

Nick schwieg und versuchte, ruhig zu bleiben. Was war es, das ihn wütend machte? War es dieser verlotterte Mann auf einem schmierigen Bett? Das schlecht gelüftete Zimmer? Der Mief, der hier in jeder Ecke stand? Nein, er hatte nicht viel erwartet, vielleicht ein paar Überraschungen, aber nicht einen bewegungslosen Mann auf einer Pritsche mit zerwühltem Bettzeug!

»Also bist du es. Nimm dir eines der Zimmer, wo du ein Bett findest. Ich kann jetzt nicht mit dir reden, mir geht es nicht gut. Heute Nacht, ja? Dann unterhalten wir uns. Ich wecke dich.«

Nick stand unschlüssig herum. Der Mann auf dem Bett schwieg jetzt. Nick drehte sich um, verschloss leise die Türe und ging nach draußen. Unter dem großen Baum stand Moses an seinen Mercedes gelehnt und rauchte.

»Alles gut angetroffen?«, fragte er und warf seine Kippe auf den Boden.

»Es geht. Er will jetzt nicht mit mir reden. Heute Nacht, sagt er.«

»Wieso heute Nacht?«

»Ich weiß es nicht. Er liegt auf seinem Bett. Mehr wollte er nicht sagen. Hat sich nicht einmal umgedreht, um mich anzusehen. Es ginge ihm nicht gut.« Nick sah so etwas wie Mitgefühl in Moses' Blick. Er drehte sich vom Wagen weg, nahm Nicks Arm und sie gingen ein paar Schritte langsam über den Platz. Moses sprach leise und eindringlich.

»Ich habe mich ein bisschen umgehört. Einer der Lehrer hier ist mit deinem Papa befreundet. Du hast ja Zeit bis heute Nacht, oder? Rede doch mal mit ihm. Damit du weißt, was mit ihm los ist.«

»Wie heißt der Lehrer?«, fragte Nick und blieb stehen.

»Dr. Francis Kilenga heißt er. Ich habe Kilenga noch nicht gesprochen, nur ein paar Leute gefragt. Alle kennen deinen Papa hier, sagte man mir. Sie sagten auch, der Tierarzt, ein gewisser Abraham Tirumanywa, sei der engste Freund deines Vaters. Und deinem Alten ginge es nicht so gut. Er sei nicht ganz richtig im Oberstübchen. Aber das können so einfache Leute von der Straße wohl nicht beurteilen. Du solltest mit dem Lehrer Francis Kilenga sprechen, und mit diesem Abraham.«

»In dieser Schule?« Nick zeigte auf das Gebäude, aus dem er Kinderstimmen gehört hatte.

»Ja, ja. Geh mal hin.«

»Kommst du mit?«

Moses schüttelte den Kopf. »Ich suche mir eine billige Unterkunft. Ich bin bald wieder zurück. Falls du mich brauchst. Weißt du schon, wie lange es ungefähr dauert?«

»Zwei, drei Tage. Höchstens.«

»Na, warte mal ab.« Moses stieg in seinen Wagen und fuhr langsam über den holprigen Weg davon. Der Wagen schleuderte trotz Schritttempo hin und her.

Nick ging zurück zum Haus seines Vaters und setzte sich in den Schatten auf einen der Stühle. Er hielt die Schule im Blick; erst wenn die Kinder sie verließen, konnte er Dr. Kilenga antreffen. Vorbeigehende Marktfrauen mit Körben auf den Köpfen verlangsamten ihre Schritte und betrachteten ihn diskret, ohne ihre Neugier offen zu zeigen. Drei Halbwüchsige strichen herum, als suchten sie etwas, und warfen manchmal scheue Blicke zu ihm hinüber. Einige Stunden waren vergangen, als die Kinder in ihren blauen und grünen Uniformen lärmend aus dem Schultor rannten. Nick beschloss, noch etwas Zeit verstreichen zu lassen.

Francis Kilenga unterbrach sein Mittagessen auf dem Hinterhof, als er das Klopfen an der Schultüre hörte. Er begriff nur langsam, mit wem er es zu tun hatte, und führte Nick in seine Wohnung.

»Und Sie sind sein Sohn? Aus Europa? Der Sohn von Henry Geldermann, dem Missionar?« Er sprach den Namen Geldermann englisch aus, es hörte sich an wie *Göldermähn*.

»Setzen Sie sich. Wo kommen Sie plötzlich her? Ich habe erst gestern mit Abraham darüber gesprochen, über

Geldermanns Familie. Und dass wir sie vielleicht informieren sollten.«

Nick setzte sich an den Tisch, der überladen war von Büchern und Heften. Francis Kilenga blieb an der Türe stehen. Nick fühlte sich unwohl, so als sei er nicht willkommen.

»Ich bin sein Sohn. Sein jüngstes Kind. Ich wollte nach ihm sehen.«

»Nach so vielen Jahren?« Nick hörte die Mischung aus Erstaunen und Vorwurf in der Frage des Mannes.

»Ich war nicht ganz sicher, ob er noch lebt.«

Francis Kilenga setzte sich jetzt auch und legte die Hände um ein angezogenes Knie.

»Oh, sein Sohn ist gekommen!« Er lachte kichernd. »Wer hätte das gedacht! Der Sohn von Mr Geldermann. Er ist ein erstaunlicher Mann. Oh ja, ein erstaunlicher Mann, dieser *mzungu*. Aber er ist schwer krank, er braucht Hilfe. Warum sind Sie jetzt nach Afrika gereist?«

Nick blickte betreten vor sich hin.

»Was ist das für eine Krankheit?«, fragte er.

Der Lehrer schwieg und überlegte, bevor er langsam zu sprechen begann.

»Ich weiß es nicht. Abraham vermutet, es sei alles so gekommen, weil Gott ihn verlassen hat. Das hätte ihn an den Rand der Verzweiflung gebracht. Ich verstehe von Religion nicht so viel. Ich vermute, er ist schwer depressiv. Wenn es stimmt, was er Abraham erzählt, dann hat er plötzlich seine Lebensgrundlage verloren. Schlimm, wenn jemandem das passiert. Oder nicht? Wir haben schon überlegt, ihn in eine Anstalt zu bringen. Aber Abraham war dagegen. Vermutlich, weil Geldermann sein Freund und Ein und Alles ist. Was haben die beiden nicht alles zusammen gemacht, oh Mann!« Er lachte wieder unvermittelt und schlug mit einer Hand auf den Tisch. »Oh Mann, die beiden ...« Er schien sich lebhaft an einiges zu erinnern.

»Was meinen Sie mit Lebensgrundlage? Und was soll ich machen?«, fragte Nick.

»Was Sie machen sollen? Das weiß nur der liebe Gott. Oder Abraham. Ich weiß nicht, ob man ihm überhaupt helfen kann. Wir haben so eine schwere Krankheit hier selten erlebt, Mister. Für mich ist er depressiv, aber wer weiß? Sind Sie alleine gekommen?«

»Ja. Ich will bald zurück nach Dar es Salaam.«

Francis Kilenga schwieg, sah ihn aber unverwandt an.

»Sie haben es sehr eilig«, sagte er schließlich langsam. »Sie haben es sehr eilig.«

Wieder las Nick aus den Worten und Blicken des Schwarzen, der da mit seiner Brille inmitten der Bücher wie ein Gelehrter vor ihm saß, Vorwurf und Erstaunen.

»Wo treffe ich diesen Abraham? Er ist sein Freund, sagten Sie?«

»Abraham wohnt Ihrem Vater genau gegenüber, auf der anderen Seite des Platzes, mit seiner Frau, Mama Mlenga. Sie sind ihm treu geblieben.«

»Was heißt treu geblieben?« Nick verstand nicht, was der Lehrer meinte.

»Ach, das ist eine lange Geschichte. Ich kann sie gern erzählen, aber das würde dauern. Und Sie haben es ja eilig, oder? Außerdem kann Abraham Ihnen mehr erzählen als ich. Ich bin nur ein Zuschauer, wissen Sie! Abraham ist heute früh verreist, er kommt erst morgen zurück. Er ist in Dodoma, will sich da mit einem Arzt beraten. Waren Sie schon bei Ihrem Vater?«

»Ja, ich habe ihn gesehen.«

»Was hat Ihr Vater gesagt, als Sie ihn getroffen haben?«

»Er will heute Nacht mit mir sprechen«, sagte Nick.

»Heute Nacht. Ja, er steht nachts auf, sagte mir Abraham. Sitzt dann vor seinem Haus ganz still auf einem Stuhl und dabei soll es ihm angeblich besser gehen. Wusste er, dass Sie kommen?«

»Mir schien es fast so, denn er war überhaupt nicht überrascht. Könnte sein, dass sein Freund ihm geschrieben hat. – Sie haben da von einer Lebensgrundlage gesprochen, die er verloren hätte. Was meinen Sie damit, Mister Kilenga?«

Der Lehrer rieb sich sein Kinn. Dann stand er auf und ging an den Schrank. Er kam mit einer grünen Flasche zurück. Nick sah auf dem Etikett, dass es Gin war. *Black Cock*. Der Mann schüttete, ohne zu fragen, zwei Wassergläser halb voll.

»Er redet ja nur mit Abraham darüber. Und Abraham hat es selbst zuerst nicht verstanden. Mister Geldermann sagte ihm, Gott habe ihn verlassen. Genau so: Gott – habe – ihn – verlassen. Das sei sein Unglück. Ich erzähle Ihnen nur, was ich gehört habe, mein Freund. Ich verstehe davon nicht viel.«

Sie tranken.

»Ich lebe erst seit fünf Jahren in Kilimatinde. Man hat mir diese Schule gegeben. Ich weiß nur, dass Mister Geldermann hier eine Menge gemacht hat und von allen geliebt wird. Wirklich.« Er machte eine verlegene Pause. »Aber dann wurde es sehr einsam um ihn. Nach und nach blieben die Leute weg. Aus seiner Kirche, aus seiner kleinen Schule. Die war schon längst überflüssig, aber die Schulbehörde hat sie ihm gelassen, aus Treue, weil er der Erste war, der in diesem elenden Nest eine Schule gebaut hat. Man wollte sie ihm nicht einfach wegnehmen, so auf dem Verwaltungswege, Sie verstehen schon … Und Kirchen gibt es jetzt auch andere, die nicht so streng sind wie die von Ihrem Papa. Die *Freunde Christi* hier, die machen allen Geschenke, die zur Gemeinde gehören. Das verführt die Leute, müssen Sie wissen.«

»Vielleicht kann ich ihn mit nach Deutschland nehmen«, sagte Nick. »Damit er ordentlich behandelt wird.«

Francis Kilenga schüttelte den Kopf.

»Ihr habt bessere Krankenhäuser, sagt man immer. Kann ja sein. Aber vergessen Sie nicht, dass er seit über zwanzig Jahren hier bei uns lebt. So wie ich ihn kenne, wird er einen Teufel tun und mit Ihnen gehen. Aber versuchen Sie es. Auf jeden Fall sollten Sie vorher mit Abraham darüber sprechen. Der ist ein kluger Mann und kennt Mister Geldermann wie kein anderer. Sie sind alte Jagdgefährten.« Er lachte, es klang anzüglich, als sei etwas ganz anderes gemeint. »Wo werden Sie übernachten?«

»Zu Hause. In einem der Zimmer im Haus meines Vaters«, sagte Nick.

»Das ist gut. Ich hatte Sorge, Sie würden sich woanders einmieten. Das würde ihn sicher verletzen.«

Nick leerte sein Glas. Ich wäre besser nüchtern geblieben, dachte er und stand schwankend auf.

»Zeigen Sie mir Abrahams Haus?«

Francis Kilenga ging mit ihm vor die Schule und zeigte auf ein flaches Gebäude, dessen Eingang umrankt war von blauen und roten Blumen.

»Spricht Abraham Englisch?«, fragte Nick.

»Nicht sehr viel. Aber Sie werden ihn verstehen. Und er Sie. Keine Sorge. Sonst helfe ich. Mama Mlenga spricht kein Englisch. Aber Abraham. Abraham ist klug. Und ein gütiger Mann.«

»Wo kriege ich hier etwas zu essen?«, fragte Nick. Er hatte seit dem kärglichen Frühstück nichts zu sich genommen und der Schnaps hatte ihn sofort betrunken gemacht. In dem Augenblick bog der Wagen von Moses auf den Platz ein. Er parkte im Schatten unter dem unermesslich großen Baum. Die Gläser der Scheinwerfer leuchteten schwach.

Moses brachte Nick zum einzigen Restaurant von Kilimatinde. Es nannte sich *Hoteli* und war nicht mehr als eine billige Imbissbude. Trotzdem hatte Moses in der oberen Etage, die durch eine Außentreppe erreichbar war, ein Zimmer bekommen.

Der Blick aus der Türe ging auf die jetzt belebte Hauptstraße und die noch offenen Läden der arabischen und afrikanischen Händler. Auf der gegenüberliegenden Seite verließen Menschen eine Backsteinkirche, im Hintergrund klang ein Harmonium und irgendwo plärrten Kinder. Nick unterbrach sein Essen und versuchte über sein Handy Valerie zu erreichen. Er hörte nur ein undeutliches Knacken in der Leitung, plötzlich die klare Stimme einer Frau: *Dieser Anschluss ist zur Zeit nicht erreichbar.*

Um den Rest des Alkohols abzuschütteln, unternahm er mit Moses einen langen Fußmarsch um Kilimatinde herum. Es war schon fast dunkel, als sie die Ortsmitte wieder erreichten. Moses schlug ihm vor, ihn die dreihundert Meter bis zum Haus seines Vaters zu fahren, aber Nick lehnte ab. Auf dem unsicheren Boden stolperte er oft und kam nur langsam voran. Straßenbeleuchtung gab es nicht. Er musste sich beeilen, denn bald würde es stockdunkel sein. Endlich erreichte er sein Zuhause, öffnete die Türe und lauschte. Es war totenstill. Er betrat ein Zimmer, das rechts vom Flur lag, und suchte den Lichtschalter. Es war die Küche. Sie war aufgeräumt und sauber. Er ging wieder in den Flur. Hinter der zweiten Türe fand er einen Schlafraum mit Ehebett, eine der beiden Matratzen war mit Bettwäsche bezogen. Hatte sein Vater die in der Zwischenzeit hergerichtet? Oder sonst jemand? Er zog sich aus, ohne das Licht anzuschalten, vor den Fenstern gab es keine Gardinen. Er legte sich unter das Betttuch, es roch leicht modrig. Sein Kopf schmerzte vom Alkohol. Ob er wohl in der Küche ein Aspirin fand? Warum hatte er so viel getrunken? Erst den Schnaps. Mit Moses noch zwei Flaschen Bier. Es war zu viel gewesen. Er schlief trotzdem ein.

Der Steuermann

Nick erwachte von festen Schritten auf dem Flur und lauschte. Es war Nacht, seine Kopfschmerzen waren verflogen. Er tastete nach seiner Hose und zog sich im Dunkeln an. Barfuß ging er durch den Flur. Er sah die Öffnung der Tür, die nach draußen führte, und den mondhellen Nachthimmel.

Sein Vater saß auf einem Lehnstuhl auf der betonierten Fläche vor dem Haus, wo früher einmal die überdachte Veranda gewesen sein musste. Nick nahm sich einen der Stühle und setzte sich neben ihn. Zu seiner Überraschung griff der Vater nach seiner Hand und hielt sie fest. Wie ein Schraubstock, dachte Nick überrascht. Er zögerte, die Nachtstille zu unterbrechen.

»Warum hast du dich nie bei uns gemeldet?«, fragte Nick schließlich. Sein Vater brauchte eine Minute, bis er antwortete.

»War besser für euch. Und für mich!« Seine Stimme war wie am Tage, fest und sicher. Nick sah von der Seite her auf sein Gesicht. Es war ihm vertraut, auch wenn er es nicht kannte. Die Fotos, auf denen er zu sehen gewesen war, hatten ihn nur im Halbschatten gezeigt. Oder verdeckt von einer Mutter mit Kind auf dem Arm.

»Ich wusste nicht einmal sicher, ob du noch lebst«, sagte Nick. Ohne es selbst zu bemerken, passte er sich der ruhigen Tonlage des Mannes an.

»Warum kommst du jetzt?«, fragte Geldermann.

»Rolf Haferkamp hat mich geschickt. Er hatte das Gefühl, es ginge dir nicht gut. Er hat mir die Reise bezahlt.«

»Ich hätte ihm längst schreiben sollen ... Ich bin nicht richtig gesund im Augenblick, musst du wissen. Erzähl mir von dir. Was machst du?«

»Sag mir erst einmal, was du hast! Bist du krank? Warum bist du dann nicht im Krankenhaus?«

Geldermann beugte sich zur Seite und zog umständlich eine verknautschte Packung Zigaretten aus seiner Hosentasche. Er berührte Nick mit der Schulter.

»Abraham versucht schon lange, mir einen Arzt aufzuschwatzen. Der Gute! Aber was soll der Blödsinn. Vielleicht wendet sich ja alles wieder zum Besseren! Ich muss auf Gott vertrauen, auch wenn er mich verlassen hat.« Er sah Nick an, klopfte mit den Knöcheln auf die Lehne seines Stuhls. »Das ist meine Krankheit, und die kann kein verdammter Pfuscher von einem Arzt heilen.«

Nick wusste nicht, was er darauf sagen sollte. War der Mann da neben ihm verrückt?

»Warum wolltest du heute, als ich angekommen bin, nicht mit mir sprechen?«, fragte er.

Er sah neben sich ein aufflammendes Streichholz. Dann

hielt ihm der Mann die angezündete Zigarette hin. Er nahm sie.

»Das habe ich gerochen. Dass du rauchst. Deshalb habe ich die Zigaretten herausgekramt.« Er lachte vor sich hin wie über einen Scherz.

»Du rauchst selber nicht?«, fragte Nick.

»Schon lange nicht mehr. Wie geht es deiner Mutter?«

»Ganz gut, so weit. Ich habe nicht viel Kontakt zu ihr. Sie lebt mit ihrem Mann in Wülfrath.«

»Wie heißt er?«, fragte Geldermann. Nick konnte sich nicht vorstellen, dass sein Vater den neuen Namen seiner Mutter nicht kannte.

»Walter Grünenberg. Er ist Steuerberater.«

Geldermann lachte, es klang wie ein leises Gegacker.

»So etwas Ähnliches war ich auch! So ein Berater und Steuermann bin ich gewesen.«

Nick schwieg, was sollte er zu diesem albernen Blödsinn sagen?

»Wann hat es angefangen?«, fragte er.

»Was angefangen?«

»Dass es dir schlecht geht.« Nick hörte selbst, dass in seiner Stimme etwas wie Aufsässigkeit steckte.

»Darüber können wir später reden. Wir haben ja Zeit, oder? Erzähle, was du so machst. Warum du hergekommen bist. Hast du mich vermisst?« Geldermann starrte geradeaus in die Nacht.

»Erst auf der Reise, von Dodoma bis hierher, habe ich angefangen, richtig an dich zu denken. Und dich vielleicht zu vermissen. Jedenfalls wollte ich dich sehen.«

»Wie war das?«

»Na, ich hab dich eben vermisst! Hast du vergessen, was das bedeutet? Ich habe gedacht, es wäre gut, dich endlich mal wiederzusehen. So ungefähr.«

»Quatsch nicht so herum«, sagte Geldermann, als sei er gelangweilt.

Nick schluckte. Er spürte plötzlich heftigen Durst. Er fühlte sich klein neben diesem Mann. Er beschloss, sich nicht weiter provozieren zu lassen. Geldermann schien schon vergessen zu haben, was er gerade gesagt hatte.

»Was hast du gedacht, als du mich vermisst hast?«

Nick antwortete ruhig.

»Mir ging gestern Nacht, als ich nicht schlafen konnte, durch den Kopf, dass ich gern einmal mit dir allein durch einen Wald streifen würde. Wir beide hätten schwarze Hüte auf, mit breitem Rand, und lange Mäntel an und stundenlang Zeit, um zu reden über irgendwas. Nur du und ich.«

»Reden über was!?«, fragte Geldermann unfreundlich.

»Das würde sich irgendwie ergeben, denke ich.«

Sein Vater schwieg.

Nick war nicht sicher, ob er antworten würde, ob er überhaupt zugehört hatte.

»Ziemlich sentimental. Findest du nicht?«, sagte Geldermann schließlich, griff neben sich nach einer Flasche und trank.

Nick spürte, dass Wut in ihm hochkroch.

»Du hast mich gefragt, ich habe geantwortet. So ehrlich wie möglich. Was nimmst du dir heraus, mich sentimental zu nennen? Ist das alles, was du mir dazu zu sagen hast?«

»Rede nicht so frech mit mir, du Rotznase!« Geldermann nahm noch einen kräftigen Schluck und stellte die Flasche zurück. Nick roch den Gin, wie er ihn am Nachmittag bei Francis Kilenga getrunken hatte.

»Du kannst mich nennen, wie du willst. Und ich spreche so mit dir, wie ich es will.« Er hätte gern einen Schluck Gin getrunken. Aber er fragte nicht. Er nahm sich vor, den Streit nicht weiterzutreiben, und sagte:

»Ob ich dich wirklich vermisst habe, weiß ich nicht. Auf dem Weg hierher hatte ich ein Gespräch mit meinem Fahrer Moses, der seinen Vater auch nie kennen gelernt hat. Er meinte, man würde herumhampeln, wenn man keinen Vater hat.«

»Was ist das für ein Kerl? Ein Afrikaner? Was meint er mit herumhampeln?«

»Na, dass man nicht so genau weiß, wer man eigentlich ist und was man auf der Welt verloren hat. Sagte er wenigstens … Ich hatte darüber noch nicht besonders nachgedacht.«

»Manche Afrikaner reden viel. Und kommen sich sehr schlau vor. Hört sich für mich eher an wie dummes Zeugs. Ich *bin* mit einem Vater aufgewachsen und der hat mich mit dem Arsch nicht angesehen. Findest du das etwa besser?«

»Wo war das?«, fragte Nick. Es kam ihm plötzlich ungeheuerlich vor, dass er über die Familie seines Vaters fast nichts wusste. Mein Gott, dachte er, er spricht ja von meinem Großvater!

»Wo war was?«, fragte Geldermann ungeduldig.

»Wo du mit deinem Vater und deiner Familie gelebt hast!«

»Irgendwo am Niederrhein, zwischen Geldern und Rheinberg. Die Eltern sind früh gestorben und ich hatte keine Geschwister. Der Hof wurde verkauft und von dem Geld habe ich studiert. Ich kann dir gelegentlich mal Fotos raussuchen von meinem Vater.« Er schwieg einen Augenblick, lächelte vor sich hin. »Er nannte mich immer Henn … Ein ziemlich ruppiger Kerl, hing manchmal an der Flasche. Dann war er unausstehlich, der Alte. Und mir ging es dreckig. Er taugte wohl nicht viel.«

»Und du hast dir deshalb sofort einen anderen gesucht, oder?« Nick lauerte, ob der Alte wütend würde. Aber Geldermann blieb gefasst und antwortete ganz ruhig.

»Wie meinst du das, einen anderen gesucht …?« Nick sah bei den Worten den Anflug eines Lächelns auf Geldermanns Gesicht.

»Na, Gott eben. Der ist vielleicht eine Art Ersatzvater für dich, oder? Spielt ja wohl eine ziemlich wichtige Rolle.«

»Du verstehst gar nichts!«, sagte Geldermann.

»Ist dir das Thema etwa peinlich, oder wie!? Du kennst Moses ja gar nicht! Und mich vielleicht noch weniger.«

»Was willst du von mir wissen, mein Sohn?«

Was fragte sein Vater da? Woher soll ich wissen, was ich von ihm wissen will?, dachte er. Nick überfielen Verzagtheit und Betrübnis. Als sei diese Reise ganz nutzlos und dieses Gerede mit Geldermann überflüssig. Was hatte er erwartet? Er war kurz davor aufzustehen und zu gehen. Er spürte, dass ihm die Tränen kamen, und zog langsam seine Hand aus dem Griff seines Vaters. Der tat so, als würde er es nicht bemerken.

»Fang einfach an«, sagte Nick leise.

Der Mond stand jetzt voll am Himmel. Der große Baum warf einen scharf gezeichneten Schatten wie an einem Sonnentag. Der menschenleere Platz hatte etwas Friedliches. Nick glaubte zu sehen, dass sich gegenüber beim Haus von Abraham etwas bewegte. War Abraham zurückgekehrt?

»Mir ist etwas Schreckliches passiert, mein Sohn …«

Nick wartete, dass Geldermann den Satz zu Ende führte. Nach einer Pause, in der es schien, er würde nicht weitersprechen, fragte Nick:

»Weil sie dich aus der Mission geworfen haben?«

»Ach, diese Geschichte! Als ob ich daran noch denken würde. Es ist schlimmer. Bis vor einem Jahr wusste ich mich noch in Gottes Hand. Das Leben, jeder Tag strahlte Größe über die Welt, Gott war mein Begleiter für vierundzwanzig Stunden am Tag. Ich stand auf mit ihm und legte mich zum Schlaf nieder – mit ihm an meiner Seite. Das Leben war hart, aber stark und mächtig! Dann wachte ich eines Nachts auf und wusste: Er hat mich verlassen!« Er schwieg und schien bewegt, als unterdrücke er eine heftige Erregung.

»Liegst du deshalb den ganzen Tag schweigend auf deinem dreckigen Bett, ohne irgendetwas zu tun?«

»Ich kann nicht anders. Der Tag verdunkelt mir mein

Gemüt. Nur nachts erwache ich noch ein wenig, so wie jetzt.«

»Wie war es vorher?«

Geldermann griff wieder seine Hand. Nicks Knochen schmerzten unter dem Druck.

»Ich erzähle dir alles, was vorher war. Alles, was du wissen willst. Vielleicht wird es mir gut tun, mit meinem eigenen Sohn darüber zu sprechen. Ich bin froh, dass du endlich hier bist. Darum habe ich lange zu Gott gefleht. Warum bis du nicht früher gekommen?«

»Du hast dich nie gemeldet. Ich wusste nicht, ob du überhaupt noch lebst!« Nick schwankte zwischen der Empörung über die vorwurfsvolle Frage und der Rührung über das Geständnis.

»Als ob das eine Rolle spielen würde … Aber lass es für heute gut sein, Nick. Ich bin endlich müde, der Mond geht unter und bald kommt die Helligkeit. Vielleicht bin ich wie ein Vampir, der nur nachts auf der Lauer liegt … Lass uns morgen Nacht wieder hier sitzen.«

Geldermann stand auf. Er führte seinen Sohn ins Haus. Im dunklen Flur umarmte er Nick plötzlich und hielt ihn mit festem Griff. Nick rührte sich nicht, er fühlte sich wie in einer Zwangsjacke, die harten Bartstoppeln seines Vaters schmerzten an seinem Gesicht. Dann wandte sich Geldermann ab und verschwand in seinem Zimmer.

Nick warf sich angezogen aufs Bett. Sein Herz klopfte, und trotz der Dunkelheit flimmerte es vor seinen Augen. Er stand noch einmal auf, öffnete mühsam ein Fenster und rauchte eine Zigarette.

Er hat mir nicht einmal Zeit gelassen, nach dem Tod meiner Großeltern zu fragen. Ich habe überhaupt nichts fragen können. Gar nichts!, dachte er. Betrübt legte er sich unter das Bettlaken, er schlief traumlos tief, bis ihn Stimmen und Hühnergegacker vor seinem Fenster weckten.

Im Männerbad

Nick stand leise auf und wusch sich in einem hinteren Raum, wo er eine Wanne fand, die mit gelblichem Wasser gefüllt war. Das Wasser roch abgestanden; aus dem Wasserhahn kam nichts. Er zog sich aus und übergoss sich mit einer Blechdose, nahm eines der feuchten, schmutzig weißen Handtücher von der Leine und trocknete sich ab, so gut es ging. Das Licht im Waschraum war trübe, an dem einzigen Fenster hafteten Staub, Spinnweben und tote Fliegen. Vor dem Fenster kreischten Vögel, die Nick nicht kannte.

Was soll ich hier?

In seinem Schlafraum zog er sich ein frisches Hemd über. Auf dem Flur hörte er schlurfende Schritte. Er öffnete die Türe und stand einem etwa siebzigjährigen Schwarzen gegenüber, der nicht überrascht zu sein schien, hier jemanden anzutreffen. Der Mann ergriff Nicks Hand und begrüßte ihn mit einer Flut afrikanischer Worte, die er nicht verstand, begleitet von heftigem Händeschütteln.

»Doktor Kilenga hat mir erzählt, dass du gekommen bist«, sagte er auf Englisch, »du bist sein Sohn Nick. Ich kenne dich, seit du ein Baby warst. Jetzt wird alles gut!« Er lachte, Nick blickte in Augen, aus denen die gelassene Ruhe des Alters und Freude strahlten.

»Bist du Abraham, Vaters Freund?«, fragte Nick. Die alten Bilder aus unbestimmten Kindheitserinnerungen standen vor ihm. Zwei Männer bei der Arbeit am Dachstuhl der Kirche, der Schwarze, der die Balken aus Geldermanns Hand entgegennahm. Nick war in diesem Augenblick, als sei er im Ort seiner Kindheit angekommen. Die Gegenwart dieses Mannes vertrieb seine Beklommenheit und machte ihn froh.

»Du hast mit ihm geredet. Heute Nacht«, sagte Abraham und führte ihn, seinen Arm festhaltend, über den Platz auf sein eigenes Haus zu. »Ich habe deinem Vater schon Tee gebracht und mit ihm gebetet. Später holen wir ihn und gehen gemeinsam zum Bad. Er hat früher immer so gern im Bubu-River gebadet, aber der Weg ist jetzt zu weit für ihn. Und für mich auch.«

Er lachte leise, wie um Verständnis bittend. »Das Bad ist wichtig für ihn in seinem Zustand. Er muss etwas tun, an das er sich gern erinnert, haben mir die Ärzte in Dodoma gesagt. Wie gut, dass sein Sohn gekommen ist.«

Nick blickte sich verstohlen um, ob er irgendwo Moses' Wagen sehen konnte. Er ging mit dem Alten auf sein Haus zu, das äußerlich wie eine kleine Hütte aussah, aber innen geräumig zu sein schien. Nicks Wahrnehmung glich der eines Menschen, der nach jahrelangen Fantasien endlich den Ort vergessener Träume betritt und keine Mühe hat, die Bilder wieder in Übereinstimmung zu bringen. Er sah die vom Regen abgebröckelten Lehmwände, die an der

Wand hoch angelehnten, bis zum Wellblechdach reichenden angebrannten Holzscheite. Sie ragten in ein Meer von blauen und rosa Blumen, die den Eingang umgaben. Er war überrascht, wie gut Abraham die englische Sprache beherrschte; Francis Kilenga hatte es ihm anders dargestellt.

Mama Mlenga, Abrahams Frau, die vom Alter gebückt ging und lebendige kleine Augen hatte, begrüßte ihn mit einem Schwall von Worten, die er nicht verstand. Immer wieder beugte sie ihre Knie und hielt seine Hände. Nick sah Tränen der Freude in ihrem faltigen Gesicht. Ihre fröhliche Aufmerksamkeit beschämte und rührte ihn. Abraham schob ihn auf einen Stuhl und setzte sich zu ihm. Er rief der Frau etwas zu, sie brachte ihnen Becher mit Tee.

»Wie geht es Mama Elisabeth?«, fragte der Alte und griff über den Tisch hinweg, immer noch sichtlich bewegt, nach seiner Hand. Er hatte gefragt, als spreche er über eine nahe Verwandte. Nick war unbehaglich zumute. Wie sollte er die komplizierten Verhältnisse seiner Familie erklären?

»Es geht ihr gut und sie erzählt oft von Afrika. Ich habe mit ihr telefoniert, bevor ich abgereist bin«, sagte er vage.

»Hat sie keine Grüße für Mama Mlenga und mich bestellt? Sicher hat sie das! Mama Mlenga war mit ihr befreundet! Ihre beste Freundin. Die ganzen Jahre hier in Kilimatinde.«

»Natürlich hat sie Grüße bestellt«, beeilte sich Nick, »und auch meine Schwestern, Martha und Sofie.«

»Es war für alle ein Unglück, als sie weggefahren sind«,

sagte Abraham und wischte sich mit einem roten Taschentuch über die Stirn. Nick war versucht, den Alten zu fragen, was damals passiert war. Aber das sollte er besser von seinem Vater erfahren. Es würde ja wieder Nacht werden.

Durch die Türe sah er Moses' Wagen langsam über den Platz fahren und unter dem Baum parken.

»Wann gehst du zu ihm, Abraham?«, fragte er.

»Gegen Mittag. Dann hat er genug geschlafen. Ich warte vor seinem Haus auf dich, Nikolaus. Ganz sicher warte ich auf dich!«

Abraham brachte ihn, seine Hand haltend, bis zum Auto.

Nick setzte sich auf den Beifahrersitz. Moses fuhr, ein Lied trällernd, langsam durch die elende bucklige Straße, die Nick am Vortag gekommen war. Sie sprachen nicht, Moses war mit sich selbst beschäftigt. Er lenkte, ohne ein Wort zu sagen, auf die Hauptstraße und fuhr südlich aus Kilimatinde hinaus. Er nahm einen schmalen Weg durch Felder und Büsche und hielt den Wagen neben den Resten einer Ruine an, als sie die Spitze eines Hügels erreicht hatten.

Sie standen wortlos nebeneinander und Nick war überwältigt von dem Blick, den man von hier aus hatte. Der See und die gewaltige Sumpflandschaft waren großartiger als alles, was er bisher gesehen hatte. Silberne Bänder von Wasserströmen lagen in der Morgensonne, dazwischen Buschwerk und grüne Inseln aus Gras oder Moosen. Jenseits der Klippe war die kleine hölzerne Kirche Geldermanns zu erkennen. Nicht weit entfernt davon musste das

Haus seines Vaters sein. Links erstreckte sich der Ort, mit einem höheren Kirchturm aus Backstein und der Ansammlung rostiger Wellblechdächer und qualmendem Abfall.

»Hast du die erste Runde überstanden?«, fragte Moses behutsam.

»Es fängt wohl erst an«, sagte Nick, »wir haben ein bisschen geredet, aber ich habe nichts verstanden. Er ist wohl auch nicht so recht bei der Sache. Nett war er nicht gerade ... Manchmal war ich wütend, weil er Blödsinn geredet hat. Immer diesen Mist, Gott habe ihn verlassen. Was soll ich damit anfangen? Na, vielleicht komme ich noch dahinter.«

»Lass dir Zeit, mein Freund. Es gibt Dinge, die gelingen nicht auf Anhieb. Deine Geschichte mit ihm kannst du nicht erledigen wie einen Kinobesuch.«

Nick stand vor ihm und sah ihn an:

»Ich weiß nicht, was ich hier soll! Dr. Kilenga ist dafür, ihn in eine Anstalt einzuweisen. Nur Abraham weigert sich.«

»Der Alte, der dich zum Auto gebracht hat?«

»Ja, der! Er will nichts davon wissen.«

»Dann höre auf ihn. Er ist ein *mzee*, ein alter weiser Mann, wie wir das nennen.«

»Warum bist du hier rausgefahren?«

»Oh Mann.« Moses war verlegen. »War nur so eine Idee von mir. Ich hatte den Hügel gestern schon gesehen und dass ein Weg hinaufführt. Ich dachte mir, manchmal muss man einen trostlosen Ort wie den da unten aus der Ferne ansehen, wie alle schwierigen Dinge, mit ein bisschen Abstand, verstehst du? Dann erkennt man sie besser.« Er lachte.

Abraham wartete auf ihn vor Geldermanns Haus. Er saß gelassen im hölzernen Lehnstuhl, zeigte keine Ungeduld. Nick blieb vor der Türe stehen; Abraham ging in Geldermanns Raum. Nick hörte ihre Stimmen. Als Abraham mit Geldermann vor die Türe trat, sah ihn sein Vater kurz an, aber er sprach nicht.

»Komm, Henry! Wir nehmen ein Bad wie früher im Bubu-River«, sagte Abraham. Mit Geldermann in der Mitte gingen sie über den Platz auf Abrahams Haus zu. Sie durchquerten einen großen verwilderten Garten. Abraham schob ein paar Büsche beiseite und Nick sah überrascht das Bassin. Abraham entkleidete sich völlig, dann begann er, Geldermann auszuziehen.

»Er muss sich ordentlich waschen. Zieh dich aus, Nick. Wir gehen zusammen ins Wasser. Es ist gut für ihn, wenn wir ihn begleiten.«

Nick entledigte sich wie unter einem Zwang seiner Kleider, tat es den beiden Männern nach, bis er nackt neben dem Schwarzen und seinem Vater stand. Das war er also, der ihn gezeugt hatte. Eine kräftige Gestalt, muskulös und wenig Fett auf den Rippen, ein stark behaartes Geschlechtsteil. Du kannst jetzt nicht weglaufen, sagte er sich, du musst das durchstehen, auch wenn sich alles in dir sträubt.

Abraham drückte ihm ein Stück Seife und einen Waschlappen in die Hand.

»Heute sollst du ihn waschen. Das wird gut für ihn sein, glaub mir. Komm, gehen wir ins Wasser. Der Bubu-River hatte besseres Wasser. Aber der Weg ist zu weit für uns beide und hier stört uns niemand.«

Die Seife lag schwer in Nicks Hand. Er war versucht, sie Abraham zurückzugeben. Nick hatte Scheu, seinen Vater zu berühren. Der Schwarze schien es zu bemerken und lächelte ihm aufmunternd zu. Nick begann bei Schultern und Armen. Er seifte seinem Vater den Rücken ein, dann folgten die Brust und die Beine. Er war froh, dass sein Vater so tief im Wasser stand, dass sein Geschlechtsteil nicht sichtbar war, als er es mit seinem seifigen Waschlappen wusch. Geldermann rührte sich nicht, aber gehorchte, wenn Nick ihn bat, seine Beine breit zu machen oder einen Arm zu heben. Langsam wich seine Beklemmung und er lächelte in das Gesicht seines Vaters.

Geldermann stand nach dem Bad auf einer Matte aus geflochtenem Schilf, die Abraham aus den Büschen gezogen hatte. Nick nahm ein buntes Handtuch entgegen und trocknete seinen Vater ab. Seine Befriedigung, das Waschen hinter sich gebracht zu haben, war so überwältigend, dass er begann, in lockerem Ton mit seinem Vater zu sprechen.

»Nun komm. Heb den Arm. Ich tu dir nichts, keine Sorge. Gleich bist du trocken und Abraham hilft dir, in deine Kleider zu kommen. Guck mal, er hat frische Sachen mitgebracht. Na, wurde wohl Zeit, wenn du in den Klamotten den ganzen Tag auf dem Bett gelegen hast … Sei froh, dass sich jemand um dich kümmert.«

Sie aßen gemeinsam in Abrahams Haus, saßen um den Tisch herum und ignorierten, als hätten sie es abgesprochen, das Schweigen Geldermanns. Mama Mlenga brachte ein Reisgericht mit einer Fischsoße, dazu tranken sie Wasser. Abraham fütterte Geldermann. Nick fühlte sich gelöst und zufrieden. Er hatte diesen Mann, seinen Vater, gewaschen! Stolz saß er mit den beiden Männern am Tisch und nahm dem Alten den Löffel aus der Hand, um seinen Vater zu füttern. Abraham ließ es zu, als habe er nur darauf gewartet. Als sie ihre Teller geleert hatten, faltete Abraham die Hände und sprach auf Kigogo ein langes Gebet. Nick verstand nichts, nur manchmal den Namen seines Vaters und seinen eigenen.

Den Rest des Tages strich Nick durch die Straßen und Ruinen von Kilimatinde. Moses war nicht zu sehen, auch sein Auto nicht. Er brauchte ihn nicht. Er betrat einen Laden, wo ein hochgewachsener Araber bediente, und kaufte eine große Plastikflasche mit Mineralwasser. Da er nicht wusste, was er zu Abend essen würde, kaufte er außerdem eine Stange Kekse. Und Zigaretten.

Ich sollte Abraham etwas Geld geben, weil er meinen Vater versorgt, dachte er. Wie lange macht er das schon? Der Alte ist ein armer Schlucker, daran ist kein Zweifel. Würde er Geld überhaupt annehmen? Nick war nicht sicher.

Am Spätnachmittag ging er leise in seines Vaters Arbeitszimmer. Geldermann lag auf der Pritsche. Er hatte sein Gesicht wieder zur Wand gedreht und sagte nichts.

Nick zog wahllos ein halbes Dutzend Bücher in deutscher und englischer Sprache aus dem Regal, schloss die Türe hinter sich und setzte sich nach draußen. Die Bücher konnten ihn nicht ablenken; er legte sie beiseite und starrte, bis es dunkel wurde, vor sich hin. Dann ging er ins Haus und zog die Türe zu seinem Zimmer hinter sich zu. Bald würde es Nacht sein. Er beschloss zu versuchen, vorher etwas zu schlafen.

Du kleiner mieser Wichser

Sein Vater stand unter Anspannung. Nick spürte, dass er gereizt war. Oder feindselig. Er hatte die Flasche Gin rechts neben seinen Stuhl gestellt und schon ein paarmal getrunken. Sie saßen wieder auf der betonierten Fläche vor dem Haus. Nick ging um den Stuhl seines Vaters herum und nahm auch einen Schluck aus der Ginflasche.

»Lass die Finger vom Alkohol!«, fuhr ihn Geldermann an.

»Reg dich nicht auf. Ich vertrage das schon.«

»Du hast mir noch nicht gesagt, was du so treibst«, sagte Geldermann zänkisch. Nick spürte seinen Ärger aufsteigen.

»Es interessiert dich doch gar nicht. Sonst hättest du dich früher mal darum gekümmert, oder?«, sagte er kurz angebunden.

»Das habe ich gern! Gestern hast du gesagt, du hättest mich nicht besonders vermisst. Jetzt holst du noch eine Keule raus, um mir eins auszuwischen! Bist du deshalb fünftausend Kilometer hierher gekommen?« Geldermann grinste verschlagen vor sich hin und Nick wurde immer wütender.

»Ehe du mich hier zur Rede stellst, erklär mir lieber mal, was an den Geschichten dran ist, die man so hört. Deine Weibergeschichten mit schwarzen Frauen«, sagte er.

Geldermanns Körper versteifte sich, sein Gesicht wurde ganz wach und sein Blick böse.

»Ah, daher weht der Wind! Jetzt verstehe ich! Was fällt dir ein, deinen Vater so etwas zu fragen? Kaum dass du zwei Tage hier bist?«, sagte Geldermann und nahm einen Schluck aus der Ginflasche. Nick sah, dass seine Hand zitterte.

»Weil es mich etwas angeht!«, sagte er mühsam. Er hatte das Thema jetzt gar nicht anschneiden wollen, es war eher Hilflosigkeit und weil er auf die Frechheiten seines Vaters etwas sagen wollte. Einen kurzen Moment lang hatte er sogar gedacht, hier liege vielleicht der Schlüssel zu aller Entfremdung von diesem Mann. Und das mit den schwarzen Frauen sei deshalb auch seine Angelegenheit.

»Weil ein Vater das nicht tut? Weil ich ein Gottesmann bin?«, fragte Geldermann höhnisch und seine Stimme wurde lauter. »Weil ich ein Missionar bin? Weil ich ein Ehemann war, mit deiner Mama verheiratet? Weil ich ein Weißer bin? Deshalb darf mich ein kleiner rassistischer Wichser, der von nichts eine Ahnung hat, so etwas fragen? Mit seinem Weltbild aus einem Kaff irgendwo im Bergischen Land? Hat dich deine Mutter geschickt? Die steckt doch dahinter, oder was?«

Er war aufgesprungen, stand plötzlich vor Nick und schlug ihm mit seiner Rechten ins Gesicht. Sein linker Fuß schnellte vor und warf den Stuhl um, auf dem Nick saß;

Nick fiel zur Seite und schrammte mit einer Gesichtshälfte über den Beton. Er versuchte sofort aufzustehen, weil er weitere Schläge erwartete. Noch bevor er sich aufgerichtet hatte, traf ihn ein Fußtritt von Geldermanns schweren Schuhen gegen die Schulter und er fiel wieder. Er spürte, wie Blut über sein Gesicht lief, und versuchte, auf allen vieren aus Geldermanns Reichweite zu kommen. Der Mann stand mächtig über ihm, um den nächsten Schlag anzubringen. Er trat einmal heftig gegen Nicks Rippen, es gab einen dumpfen Ton und Nick unterdrückte einen Schmerzensschrei.

»Was hast du mir denn anzubieten? Nun, sag schon! Was für Ratschläge will das Muttersöhnchen aus seiner kleinen Wichserwelt seinem Vater geben, damit der endlich ein nettes Kerlchen wird?! Ich höre, ich bin sehr gespannt!« Er hob seinen Fuß mit dem schweren Schuh, als wollte er seinen Sohn noch einmal treten. Nick erwartete den Schmerz, ohne sich zu rühren.

»Wehr dich wenigstens, du Waschlappen!«, schrie Geldermann.

Nick stand auf. Er würde nichts sagen, sich nicht verteidigen. Er hatte Angst. Er ging gebückt wegen der schmerzenden Rippen, hielt eine Hand an seiner blutigen Nase und stolperte davon. Die Ruhe und die Dunkelheit auf dem Platz vor dem Haus waren dichter als je zuvor. Nick merkte, dass er vor sich hin weinte und dass ihm die Nase lief. Er zog ein Taschentuch heraus und tupfte es gegen sein verschrammtes Gesicht. Ist mir mein Papa auf den Fersen? Schon auf der Mitte des Platzes sah er zurück. Der

Mann stand wie ein zorniger Riese vor dem Haus, die Flasche Gin in der Hand. Dann sah Nick, dass Geldermann die Flasche abstellte und mit schnellen Schritten hinter ihm herkam. Bevor er zu laufen begann, schrie Nick ihm entgegen:

»Ich habe noch mehr Fragen, verlass dich drauf! Wo sind sie denn, deine Kindergärten? Deine Krankenhäuser? Deine Schulen voller Schüler? Die Brunnen, die du für die Leute hier gebaut hast? Was hast du gemacht in den vielen Jahren? Und wo ist Haferkamps Geld geblieben! Bin mal gespannt, was Herr Geldermann dazu sagt!«

»Lauf ruhig, ich krieg dich sowieso. Mir entkommst du nicht!« Geldermanns Stimme war wie ein Beben, das ihn bald erreichen würde.

Nick floh, so schnell er konnte, verbarg sich hinter Hütten und Bäumen, wechselte die Richtung wie ein Hase auf der Flucht. Sein Herz klopfte vor Angst bis zum Hals. Gut, dass es dunkel war, sonst hätte er Geldermann nicht entkommen können. Er fiel ein paarmal auf Knie und Hände. Er kam wieder auf die Beine, einmal hatte er in eine ölige Masse gegriffen, er wischte sie an der Hose ab. Hinter der Wand einer eingefallenen Hütte suchte er Schutz, um zu verschnaufen. Er lauschte auf die Schritte Geldermanns.

So ein Arsch, murmelte er schluchzend vor sich hin, der wird sich wundern. Wenn er so weitermacht, hau ich ihm die Fresse voll. Egal ob er mich umbringt.

Schließlich hörte er nichts mehr von Geldermann. Er lief immer weiter, ohne ein Ziel zu haben.

Hier waren keine Häuser mehr, hier war Kilimatinde zu Ende. Er ging jetzt durch trockene Hirse- und Maisfelder. Unter einem Baum blieb Nick erschöpft stehen und versuchte, einen klaren Kopf zu bekommen. Es war lange Zeit vergeblich, eine erbarmungslose Trommel lärmte in seinem Innern.

Hier ist gar nichts mehr, dachte er ohne Sinn, nur Buschwerk. Überall liegt Schutt. Wahrscheinlich ein Paradies für die Füchse, die sich ihre Mäuse suchen. Gibt es in Afrika Füchse? Mein Alter ist einer, ein räudiger böser alter Fuchs. Das passt zu ihm. Ich muss irgendwann zurück, dachte er, egal ob er mich prügelt. Wo soll ich sonst hin? Ein Vater prügelt einen vielleicht an einem Tag, aber am Tag danach nicht mehr. Väter, die dauernd prügeln, gibt es selten. Dieser Vater ist sicher nicht so einer! Im Grunde ist er nicht schlecht ...

Nick berührte vorsichtig sein Gesicht und starrte auf das Blut an seiner Hand, das er trotz der Dunkelheit erkennen konnte.

Hoffentlich hat er sich nicht total besoffen, dachte er. Die Flasche war fast noch voll. Wo hat er den Stoff her? Wahrscheinlich von Haferkamps Geld gekauft, der alte Verbrecher. Wenn er nur keinen Unsinn mehr macht in seinem Suff. Für eine Nacht reicht es. Er soll ja nicht den alten Abraham aus dem Bett holen! Oder Francis Kilenga. Wäre ihm zuzutrauen. Vermutlich sind sie von seinem Gebrüll sowieso alle wach geworden und trauen sich nicht vor die Tür ... Er soll froh sein, dass er sie hat und dass sie noch zu ihm halten. Obwohl er sich unmöglich aufführt, der

Alte ... Verpisst sich aus meinem Leben und nennt mich ein Muttersöhnchen, der Blödmann!

Nick setzte sich unter einen Baum in den Mondschein, lehnte den Rücken an den Stamm und schloss für einen Augenblick erschöpft die Augen.

Plötzlich stand Moses vor ihm, er war fast lautlos aus der Dunkelheit aufgetaucht.

»Du siehst nicht gut aus, Bruder«, sagte er kopfschüttelnd.

»Es geht schon, Moses. Es geht schon.«

»War es schlimm?«

»Es geht schon. Ich muss mich gleich etwas hinlegen. Ich fühle mich ein bisschen angeschlagen, Moses. Mein Gesicht hat was abgekriegt, das muss ich irgendwie abwaschen. Blutig, oder?«

»Es sieht böse aus, mein Freund.« Moses nahm ihn am Arm, hinter ein paar Büschen und einem Haufen von Feldsteinen stand sein Wagen. Er öffnete den Kofferraum, suchte mit einer Taschenlampe im Gerümpel und nahm Verbandszeug heraus. Er hielt einen Lappen vor die Öffnung einer Fünfliterflasche Wasser und tupfte vorsichtig an der Wunde herum, die sich über die ganze linke Gesichtshälfte zog.

»Wie ist es passiert?«, fragte Moses.

»Ich bin mit dem Gesicht über den Beton gerutscht.«

Moses nahm eine Salbe und strich vorsichtig ein wenig darüber. Es brannte und Nick verzog sein Gesicht zu einer Grimasse. Moses goss Wasser aus der Flasche, damit Nick sich die Hände waschen konnte.

»Es war ja nur der Alte«, sagte er und sie lachten beide.

»Wenn du mit ihm reden willst, musst du ihn wohl noch ein Weilchen ertragen, deinen Papa«, sagte Moses und drückte den Kofferraum mit einem dumpfen Geräusch zu.

»Es geht schon.« Nick sah auf seine staubigen Schuhe. »Mann, bin ich dreckig! Er wird sich schon wieder beruhigen, der Alte. – Wo kommst du plötzlich her, Moses?«

»Ich war hier oben, um den Sonnenuntergang über den Sümpfen zu betrachten. Da muss ich im Auto eingeschlafen sein. – Warum ist dein Alter durchgedreht?«

»Weil ich ihn nach seinen Weibergeschichten gefragt habe«, murmelte Nick.

Moses sagte in einem heiter-vorwurfsvollen Ton: »Oh Mann! Das muss ein Papa freiwillig erzählen. Oder für sich behalten. Danach darf der liebe Junge nicht fragen! Du bist aber auch ein ungeduldiger Kerl.«

»Na, wenn ich schon mal hier bin? Mit irgendwas muss man doch anfangen, oder? Er war sowieso schlecht drauf heute.« Nick kicherte. »Als ich das angesprochen habe, mit den schwarzen Frauen und all dem Gerede darüber, da ist er ausgerastet, der alte Sack! Er war heute tatsächlich nicht so gut drauf.«

»Ich denke, da musst du ganz vorsichtig sein. Vielleicht erzählt er nichts, vielleicht erst wenn er besoffen ist. Manche Väter sind da komisch und manchmal empfindlich, habe ich gehört … Fährt fünftausend Kilometer, um sich verprügeln zu lassen!«

Moses wirkte ernst.

»Wenn ich das meiner Mutter erzähle, lacht die sich kaputt«, sagte Nick.

»Sind die beiden geschieden?«

»Ja, geschieden!«

»Das läuft nicht so gut mit deiner Mutter, was?«, fragte Moses.

»Es geht so. Nicht besonders.«

Moses holte zwei Flaschen Bier aus dem Auto und öffnete sie mit seinem Feuerzeug. Sie lehnten mit ihren Hintern am Wagen, schauten in den anbrechenden Morgen über den rostroten Feldern und tranken.

»Gehst du zu ihm zurück?«, fragte Moses. »Ich meine, schläfst du in seinem Haus heute Nacht?«

»Wo denn sonst!«

»Oh Mann! Hast du zurückgeschlagen?«

Nick schüttelte den Kopf.

»Wenn er mich noch einmal so angeht, kriegt er Prügel, verlass dich drauf«, sagte er.

»Das meinst du nicht ernst, oder?«, fragte Moses.

Nick grinste. Das Grinsen schmerzte.

»Natürlich nicht … Er ist stärker als ich.«

Sie lachten ausgelassen und tranken.

»Oh Mann! Er ist stärker …!« Sie schlugen sich gegenseitig auf die Schultern. »Das ist gut! Er prügelt seinen Alten nicht, weil der stärker ist …«

»Er ist ein Riese, mit Händen wie Bratpfannen.«

Nick spürte den Schmerz an seinen Rippen. Hatte der Alte ihn getreten? Er wusste es nicht mehr sicher. Moses warf seine leere Flasche in den Kofferraum und holte zwei neue heraus.

Als die Sonne aufging hinter jenem Hügel, den sie am Tag zuvor besucht hatten, drehten sie die beiden Vordersitze des Autos in die Rücklage, legten sich hin und schliefen bei offenen Türen ein.

Gegen elf Uhr wachte Nick auf und weckte Moses. Sie fuhren in den Ort und gingen in das kleine billige Restaurant, das sich *Hoteli* nannte, wo sie Kaffee und ein paar verbrannte Scheiben Toast bekamen.

»Ich muss los«, sagte Nick und stand auf. »Gegen Mittag geht Abraham mit ihm zum Waschen. Danach leg ich mich noch einmal aufs Ohr.«

Dann ertränkt er mich wie ein Kätzchen

Wie am Tag zuvor führten Abraham und Nick Heinrich Gotthold Geldermann zum Bad. Der alte Schwarze stellte keine Fragen nach der Verletzung in Nicks Gesicht. Nick war überrascht, dass sein Zorn verschwunden war. Er fühlte sich nicht einmal befangen, als er seinen Vater einseifte und ihn wusch. Er tat es sorgfältiger und ruhiger als am Tag zuvor. Seine Stimmung war heiter und er hätte gern unbeschwert mit ihm geredet oder ein paar anzügliche Witze gemacht. Mit diesem Ding da zwischen den Beinen hat er mich gezeugt, dachte er und lächelte seinem Vater ins Gesicht. Der alte Schwerenöter! Und dreht gleich durch, wenn ich ihn mal nach dem Ding da frage – und was er damit macht. Wenn Sofie und Martha uns jetzt sehen könnten! Drei nackte Männer im Bad, einer schwarz, die beiden anderen weiß. Käsig ein bisschen, unsere Körper könnten Sonne gebrauchen. Aber mit dem da am Strand liegen? Sich gemütlich sonnen? Das geht nicht! Ob der jemals irgendwo am Strand gelegen hat, wie es sich ganz normal gehört?

Der ertränkt mich wie ein Kätzchen, wenn ich hier jetzt die falschen Fragen stelle.

Abraham lächelte gütig vom Beckenrand, der Junge wusch seinen Vater mit Seife und Waschlappen.

Ich benutze sonst nie einen Waschlappen, dachte er. Hat er mich einen Waschlappen genannt, gestern Nacht? Nick lachte vor sich hin. Wie gut, dass er tagsüber so ruhig ist und mich nicht prügeln will! Bei dem Gedanken kamen ihm die Tränen. Er schluckte und hielt sie zurück.

Nach dem gemeinsamen Essen, als sein Vater schweigend in seinem Zimmer verschwunden war, legte Nick sich ins Bett und schlief.

Am Abend weckten ihn die Zikaden und Stimmen auf dem Platz vor dem Haus. Er lag auf dem Rücken, legte die Hände unter den Kopf und wartete auf die dritte Nacht mit seinem Vater. Er spürte keine Angst, sondern sogar so etwas wie ruhige Erwartung. Er versuchte, in den Büchern zu lesen, aber er hatte nur theologische Werke gegriffen, die ihn nicht interessierten. Predigthilfen und biblische Kommentare. Ob sein Vater damit gearbeitet hatte? Die Bücher sahen aus, als hätte sie nie jemand benutzt. Manche Seiten klebten noch zusammen. Auf den Umschlägen waren Stockflecken, vermutlich wegen der Feuchtigkeit in dieser verkommenen Bude. Ob der überhaupt lesbare Bücher besitzt, vielleicht Unterhaltungsromane?

Als Mitternacht vorüber war, setzte sich Nick vor die Türe. Er hatte seine Wasserflasche mitgenommen und stellte sie neben sich. Als er an die Prügel dachte, die ihm sein Vater in der vorigen Nacht verabreicht hatte, musste er lächeln, weil er es irgendwie komisch fand. Sein Gesicht schmerzte dabei, aber nicht mehr so stark wie direkt danach.

Gegen Mitternacht hörte er Geräusche aus dem Zimmer seines Vaters. Geldermann kam ohne die Ginflasche und setzte sich auf seinen Stuhl. Er drehte sich zur Seite, um Nick anzusehen.

»Was hast du da im Gesicht? Bist du verletzt?«

»Eine Kleinigkeit, nicht so schlimm«, sagte Nick.

Hat der Alte schon vergessen, dass er mich letzte Nacht vermöbelt hat?, dachte er.

»Was hast du getrieben heute?«

»Geschlafen. Und ein bisschen gelesen. Ist ja nicht gerade viel los hier in Kilimatinde, oder?« Nick lachte, er wunderte sich selbst, wie unbefangen er antworten konnte.

»Man sieht nur, was man weiß«, sagte Geldermann ernsthaft. Er griff in die Tasche, holte das alte Päckchen Zigaretten heraus und reichte es ihm. Nick steckte sich eine an. Vermutlich hat der Alte seine letzte Zigarette aus diesem Päckchen geraucht, als er mich gezeugt hat, dachte er. Mindestens so alt war der Tabak. Drei Züge von diesem Heu und die Zigarette war zu Ende. Nick holte sich heimlich eine seiner eigenen aus der Hosentasche und rauchte.

»Als du angekommen bist, hast du mich gefragt, warum ich keinen Kontakt zu meiner Familie hatte«, begann Geldermann langsam. »Vielleicht ist es gut, wenn du es erfährst, aus meiner Sicht natürlich. Deine Mama würde eine ganz andere Geschichte erzählen. Ich bin fast sicher, du und deine Schwestern haben keine Ahnung davon.«

Er stand noch einmal auf und holte die Ginflasche aus seinem Zimmer. Sie war noch halb voll, wie Nick feststellte. Also hatte er gestern Nacht nach der Prügelei nicht mehr viel getrunken. Oder hatte er eine neue Flasche besorgt? Hatte er Vorräte? Geldermann stellte die Flasche zwischen ihre Stühle auf den Boden, sagte aber nichts dazu. Nick nahm einen kleinen Schluck Gin und fühlte sich plötzlich wohlig warm und zufrieden an seinem Platz neben diesem Mann.

»Weißt du, Nick: Es kam ein Tag, da war es wie bei einem Gewitter, wo es gleichzeitig blitzt, donnert, hagelt und regnet. Man weiß dann nicht, um was man sich zuerst kümmern soll. Um den Blitzeinschlag? Um die Hagelschäden? Schutz vor dem Regen? Verstehst du?«

»Erzähl weiter. Ich weiß, was du meinst.«

»Das ist gut«, sagte Geldermann. »Die Reihenfolge der Ereignisse ist wichtig, also hör gut zu. Wir hatten hier eine Überschwemmung wie nie zuvor. Die Wassermassen hatten meine Kirche unterspült und sie brach zusammen. Wir haben sie später wieder aufgestellt. Notdürftig, weil kein Geld da war ... Das Schulgebäude stand schief und wir arbeiteten in strömendem Regen daran, Stützpfeiler aufzustellen, um es zu stabilisieren. Abraham und ein paar andere Männer halfen mir den ganzen Morgen und wir arbeiteten wie die Verrückten. Damals lief meine Ehe mit Elisabeth schon nicht mehr so gut, musst du wissen. Ihr war das hier alles zu ärmlich und primitiv. Sie hatte es außerdem satt, mit mir zu schlafen. Das störte mich gewaltig. Ich erzähl das nicht, um irgendwas zu entschuldigen, aber es spielt einfach eine Rolle, dass wir uns nicht mehr gut verstanden.«

Er machte eine Pause, sah kurz zu seinem Sohn und nahm einen kleinen Schluck aus der Ginflasche. Nick schwieg.

»An dem Tag passierte noch mehr. Abraham und ich wühlten gerade Bretter und Balken aus dem Schlamm. Da fuhr ein Jeep vor, nagelneu. Die Leute von den amerikanischen *Freunden Christi*. Sie winkten mich beiseite. Kommen wir zur Sache, Bruder Geldermann, sagten sie. Sie sind ein guter Prediger und nicht von der modernen Theologie versaut wie viele andere. Wir brauchen Sie. Kommen Sie zu uns, lassen Sie diesen Krempel doch im Dreck liegen. Sie kriegen ein gutes Monatsgehalt, doppelt so viel, wie Sie jetzt verdienen, und predigen für uns, hier in Kilimatinde, in Kimendeli, Manyoni, Chikuyu und Bahi, Dienstwagen inbegriffen. Und die neue Kirche da drüben steht auch zu Ihrer Verfügung.«

Nick hatte gespannt zugehört; was er da erfuhr, war für ihn völlig neu. Geldermann holte tief Atem, bevor er leise und langsam fortfuhr: »Da habe ich ihnen gesagt, sie sollen sich ganz schnell verpissen. Mittags habe ich es Elisabeth erzählt. Sie meinte, das sei sehr voreilig gewesen!«

Geldermann lachte und schlug mit einer Hand auf Nicks Arm. »Wie findest du das: Sie – fand – es – voreilig!« Er schüttelte den Kopf.

»Was dann passierte, habe ich erst am Abend mitbekommen. Ich betrat ganz verdreckt und müde das Haus. Elisabeth ließ mich in Ruhe, bis ich mich gewaschen hatte. Dann musste ich mir die Ereignisse des Tages anhören.

Ich war mittags schon wieder auf die Baustelle gegangen, da hatte es an die Tür geklopft. Elisabeth machte auf. Ein älteres afrikanisches Ehepaar fragte nach mir. Elisabeth bat sie herein und bot ihnen Stühle an. Ob sie ihnen helfen könne, Geldermann sei an der Schule und hätte zu tun. Die beiden Alten drucksten herum. Sie hätten eine Tochter, Weroba mit Namen, die sei nun leider schwanger und sie wären ja arme Leute. Ihr Dach sei undicht, für die kleineren Geschwister sei nicht genug Kleidung vorhanden, eine Ziege sei gestorben und es gehe ihnen nicht gut. Die beiden saßen da und schwiegen, aber doch mit fordernden und frechen Blicken. Kann ich mir wenigstens vorstellen, ich kenne meine schwarzen Pappenheimer … Es dauerte nicht lange, bis Elisabeth begriffen hatte. Sie kramte all ihren Schmuck und alles Geld zusammen, das sie im Haus fand, und gab es den Leuten. Sie verpflichtete sie, über die Angelegenheit zu schweigen, das sei besser für sie. Wenn kein Wort nach draußen dringen würde, sollte es ihr Schaden nicht sein. Sie könne vielleicht noch mehr Geld beschaffen, eines Tages.

Nur eine Stunde nach diesem Besuch der Leute vom Dorf fuhr ein Wagen vor die Veranda, die wir hier früher hatten. Es war eine kleine Regierungsdelegation, eine Frau und zwei Männer vom Erziehungsministerium. Sie kamen unangemeldet. Elisabeth bat die Herrschaften in mein Arbeitszimmer und fragte, was sie wollten. Sie wünschten den Missionar Geldermann zu sprechen. Er sei als guter Erzieher und Pädagoge bekannt und habe ja wohl auch Medizin studiert. Das wären gute Voraussetzungen für Afrika. Elisabeth sagte ihnen, Geldermann sei im Augenblick nicht zu erreichen, aber man könne alles mit ihr besprechen. Es ging darum, ob ihr Ehemann bereit sei, für ein Erziehungs- und Gesundheitsprojekt in der Provinz Dodoma für das Ministerium ein paar Jahre die Verantwortung zu übernehmen. Elisabeth fragte nach Einzelheiten, Gehalt und Dienstwohnung, weiß der Teufel. Jedenfalls sagte sie zu! Stell dir vor – sie sagte, als sei es beschlossene Sache: Ja, Geldermann packt hier seine Sachen!«

Nick blickte verstohlen zu seinem Vater. Er sah heiter aus, wie er da zurückgelehnt in seinem Stuhl saß, die Hände auf den Lehnen. Nick betrachtete diese Hände, sie waren stark und schön. Das war ihm bisher nicht aufgefallen.

»Die Leute aus dem Ministerium ließen ein paar Verträge da und hielten die Sache für erledigt. Nein, es sei nicht unbedingt nötig, Geldermann zu stören, sagten sie; es sei ja alles geregelt. Am 1. März würde man in Dodoma mit ihm rechnen. Sein Gehalt wäre überdurchschnittlich und würde von der UNO bezahlt werden.

Als ich am Abend das Haus betrat, schlieft ihr Kinder schon. Elisabeth stand wie eine Herrscherin im Wohnzimmer – unser Wohnzimmer war da, wo du jetzt schläfst. Vielleicht erinnerst du dich. So, das war es dann wohl, sagte sie. Du packst deine Sachen, wir fahren morgen nach Dodoma und suchen uns ein passendes Haus. Du arbeitest ab sofort für das Erziehungsministerium. Ich habe das geregelt, damit über die Sache mit dieser Frau hoffentlich bald Gras wächst. Welches Ministerium? Welche Frau?, fragte ich und begriff nicht, was da vor sich ging. Ich hatte ja keine Ahnung. Sagt dir der Name Weroba etwas?, fragte sie mit hinterhältigem Lächeln. Ich ahnte immer noch nichts. Was hat der Unsinn mit dem Ministerium zu bedeuten?, fragte ich sie. Ich war an dem Tag müde und hungrig von der Arbeit.« Er machte eine Pause und nahm einen Schluck. Er trank wenig, wie Nick zu seiner Erleichterung feststellte.

»Was war denn mit dieser Frau, dieser Weroba?«, fragte er.

»Sie war schwanger. Und die Eltern wollten Geld. Das hatte Elisabeth sofort begriffen. So einfach werden hier solche Dinge geregelt, wenn ein Mann verheiratet ist.«

»Und?«

»Wie: Und!?«, entgegnete er.

»Solltest du etwa der Vater sein?«, fragte Nick.

»Richtig. Genau so. Ich sollte der Vater sein. Für Elisabeth war alles klar, das geht ja aus ihrem Verhalten hervor. Sonst hätte sie den Eltern nicht all den Schmuck und das Geld ausgehändigt.«

Nick stellte keine weitere Frage, um den Mann nicht zu reizen. Vielleicht würde er von selbst mehr erzählen.

»Dann erfuhr ich Einzelheiten von dem Besuch der Leute vom Ministerium«, fuhr Geldermann fort. »Oh ja, das hätte ihr gefallen! Ihr Mann in vornehmer Kleidung wie ein Kolonialoffizier, mit einem Landrover unterwegs, und in der Stadt abends feine Gesellschaften. Auch wenn Dodoma eine lausige Stadt ist, besser als dieses erbarmungswürdige Kilimatinde ist es allemal! Du bist ja da durchgefahren, oder? Ist das eine Stadt, nach der man verrückt ist?«

»Ziemlich mickrig«, sagte Nick.

»Sie glaubte, die Sache wäre gelaufen. Sie hätte mich in der Hand.«

»Was hast du zu ihr gesagt?«

»Mir ist es egal, wo ich bin auf der Welt, Nick. Aber mir war es nicht egal, hier einfach abzuhauen. Nicht egal, ob ich hier meine Arbeit mache, die Gott mir gegeben hat, oder in einem Ministerium, das irgendein korrupter Emporkömmling leitet. Elisabeth konnte sich nicht vorstellen, dass ich ablehnen könnte. So wenig respektierte und kannte sie mich, so wenig hatte sie begriffen, dass Gott es war, der mich hierher gebracht hatte. Niemand sonst! Möchtest du etwa einen Vater haben, der im Dienstwagen mit schwarzem Anzug oder in Kakizeugs herumfährt? Oder für irgendeine Scheißsekte predigt? Los, sag es!«

»Auf keinen Fall!«, beeilte sich Nick mit seiner Antwort. »Auf keinen Fall möchte ich das! Das fehlte noch!«

»Na, also! Wie würde ich heute vor meinem Sohn dastehen! Vor aller Welt! Vor Gott!«

»Gut, dass du das nicht gemacht hast, Papa. Aber was war denn nun mit der Frau? Dieser schwangeren Weroba?«, fragte Nick vorsichtig und wie nebenher, als gälte es noch eine Kleinigkeit zu klären.

»Ach ja! Wer weiß, ob sie überhaupt schwanger war. Ich wusste, wer sie war. Soweit ich mich erinnern kann, habe ich nie mit ihr geschlafen. Schon gar kein Kind gezeugt!«

»Also stimmte das gar nicht, was diese Eltern gesagt haben?«

»Sie haben ja gar nichts gesagt! Aber meine süße Elisabeth hat sofort verstanden, was gemeint war und was sie verstehen wollte. Für sie war alles klar: Heinrich Gotthold Geldermann, mein Ehemann, mit dem ich nicht gerne schlafe, hat eine schwarze Frau geschwängert! Und sie verschenkte alles, was sie an Geld und Schmuck hatte. Sie fühlte sich gut dabei, denn sie tat es für mich, brachte das Opfer für mich! Du verstehst das erst richtig, wenn du weißt, wie sehr sie ihren Schmuck geliebt hat … Na, jetzt hat ihr sicher dieser Steuerberater neuen gekauft. Vermutlich teurer und schöner als alles, was sie hier jemals hatte und was ich ihr bieten konnte.«

Nick hätte gern gewusst, was sein Vater mit dieser Weroba gehabt hatte. Sollte er ihn fragen? Er wartete lieber.

»Dann habe ich sie rausgeschmissen«, sagte Geldermann.

Nick schwieg.

»Ich habe zu ihr gesagt: Verschwinde! Die Kinder lässt du hier! Morgen besorge ich Geld, dann kannst du gehen. In der Nacht habe ich zum ersten Mal in meinem Arbeitszimmer geschlafen. Und seither immer.«

»Hast du ihr nicht gesagt, dass du die Frau nicht geschwängert hast?«, fragte Nick.

»Was fragst du da, mein Sohn? Du solltest wissen, dass es Dinge gibt, über die man als Mann nicht diskutiert, verstehst du? Das war doch gar nicht der Punkt! Was zählt, war, dass sie mir die Sache zutraute und dass sie über meinen Kopf hinweg entschieden hatte. Alles andere war ja nebensächlich. Oh doch, was den Ministeriumsjob betraf, habe ich versucht, ihr zu erklären, um was es geht. Um meinen Auftrag vor Gott! Also um seine Sache – und um mich! Oder? Sag mir, Nick, um was es damals ging? Um eine schwangere Frau? Einen gut bezahlten Predigerjob? Um eine Karriere im Ministerium? Meine Sache, das war die Schule und mein Leben mit den Leuten hier! Ja, es ging um die Schule, das war das Wichtigste damals, das war meine Aufgabe. Und um meine Predigten in der Kirche, um meine Besuche bei den Menschen, auf den Feldern, in ihren Häusern. Deshalb war ich hier! Aber sie versuchte mein Leben in die Hand zu bekommen. Sie kannte mich nicht. Vielleicht kannte sie mich, aber das war ihr egal, sie akzeptierte es nicht. Sie hielt alles, war ich hier machte, für einen Irrtum, für Spinnerei. Deshalb habe ich sie rausgeworfen.«

»Du wolltest uns hier behalten?«

Geldermann seufzte. Seine Hand zitterte, er griff nach der Ginflasche, um sie an den Mund zu führen, aber auf halbem Wege beugte er sich zu Nick und hielt sie ihm hin. Nick trank. Dann nahm Geldermann einen kleinen Schluck.

»Natürlich wollte ich euch hier behalten. Aber sie hat alles in Bewegung gesetzt, euch mitzunehmen. Schließlich hat die deutsche Botschaft entscheiden müssen. Vielleicht war es besser so.«

»Das habe ich nicht gewusst. Du hast sie also gar nicht weggeschickt, weil du nicht der Vater des Kindes mit dieser Schwarzen warst?«

»Nein.«

Nick wollte die Dinge, die er gehört hatte, in seinem Kopf ordnen und war versucht, seinem Vater noch mehr Fragen zu stellen. Vielleicht begreife ich es irgendwann, sagte er sich und hatte den Wunsch, mit Valerie über all das zu sprechen.

»Dann ist es gut«, sagte er und schwieg.

»Du verstehst es?«, fragte Geldermann.

»Ich versuche es«, sagte Nick.

»Du wirst es verstehen, mein Junge! Das hoffe ich! Ich konnte nicht mehr tun als meine Kinder vor dem Abschied zu segnen. Es hat mir das Herz rausgerissen!«

Nick hatte das Bild des großen Mannes vor Augen, der seinen kleinen Kindern segnend die Hand auf den Kopf legt, bevor sie ihn für immer verlassen.

»Du hast dir viel aufgeladen«, sagte er leise.

Geldermann sagte nichts. Er erhob sich, stand gebückt da und blickte in die Nacht.

»Noch eines sollst du wissen, mein Junge. Ich habe Elisabeth immer geliebt und all das bereut und darunter gelitten. Ich habe im entscheidenden Augenblick nicht die Irrtümer von den Wahrheiten unterscheiden können, als ich um Wichtiges oder Unwichtiges kämpfte.«

Geldermann ging ins Haus, Nick hörte, wie er die Türe zu seinem Zimmer hinter sich schloss. Er fühlte sich wie gelähmt von dem, was sein Vater erzählt hatte, zugleich kämpfte er gegen den Strudel, in den seine Gedanken gerissen wurden. Sein Vater hatte nach ihrer Abreise gearbeitet. Das war mehr als fünfzehn Jahre her. Konnte der

Bruch mit seiner Familie trotzdem mit seiner Krankheit zu tun haben? Gab es eine Erklärung dafür, dass sein Vater sich nie gemeldet hatte?

Resigniert ging er in sein Zimmer. Er lag noch lange wach.

Von den Propheten Afrikas

Am Tage trieb sich Nick in Kilimatinde herum. Worte seines Vaters tauchten auf und verschwanden wieder, wie Fieberschübe. Die Bilder der Straße glitten an ihm vorüber. Sandalen aus Autoreifen an einem Verkaufsstand, ein kleiner schwarzer Junge, kaum sechs Jahre alt, mit Krawatte und dunklem Anzug.

Soweit ich mich erinnern kann, habe ich mit Weroba nie geschlafen ... Da habe ich sie weggeschickt. Ich habe euch gesegnet.

Nick nahm sich vor, den Vater in der nächsten Nacht nach dem Konflikt mit der Mission zu fragen. Würde ihn das wütend machen? Und was Geldermann, außer unterrichten und predigen, überhaupt gemacht hatte in all den Jahren. Wie war es ihm ergangen, als die Mutter mit den Kindern abgereist war? Er hatte sie hier behalten wollen. Verändert das etwas?, fragte er sich. Er sah Geldermann in seinem Haus, wie er, eine Gestalt wie aus dem Alten Testament, zornig seiner Frau die Türe wies. Als gelte es, den Tempel zu reinigen. Er sah Geldermann vor sich, hoch aufgerichtet in jener Nacht, wie er Fußtritte gegen ihn austeilte, ihn verhöhnte. Seine ganze Art und die dramatischen Bruchstücke aus seiner Lebensgeschichte machten es nicht leicht, ihn zu verstehen.

Nick ging in das Café, das er mit Moses besucht hatte, und bestellte Kaffee und Gebäck. Er rührte in der trüben Flüssigkeit. Der kleine Raum verdunkelte sich, als Moses eintrat.

»Wo steckst du denn? Ich suche dich schon den halben Tag«, sagte er und setzte sich zu Nick an den Tisch.

»Ich musste erst einmal das ganze Zeugs verkraften, das er mir erzählt hat«, sagte Nick und bot Moses eine Zigarette an.

»Das hast du doch kommen sehen, oder?«

»Nein, ich habe gar nichts kommen sehen … Er wollte uns hier behalten, damals«, sagte Nick und grinste sein Gegenüber an. Moses blieb ernst.

»Das verändert alles, oder? Für dich, meine ich.« Er sah ihn fragend an und Nick überlegte, ob er ihm das Nachtgespräch erzählen sollte.

»Ja, es stellt alles irgendwie auf den Kopf.«

»Was meinst du, hat er noch mehr auf Lager?«, fragte Moses.

»Eine Menge. Ich weiß überhaupt nichts über ihn, merke ich langsam. Um ihn besser zu verstehen, werde ich noch in paar Nächte brauchen, wenn er so gut drauf ist wie letzte Nacht.«

»Keine Prügel?«

»Keine Prügel. Aber was ich von ihm gehört habe, hat mir auch so schon gereicht. Die Geschichte, wie sie sich getrennt haben. Meine Mutter und er.«

Der Raum war plötzlich voller Schulkinder, die mit dem schüchternen Mädchen hinter der Theke lautstark diskutierten und dann wie ein Bienenschwarm über die Straße zur Kirche hinüberliefen. Jemand schlug mit einem Eisenstück gegen die Felge. Zwei braune Ziegen trotteten vorbei. Moses angelte sich aus der Vitrine zwei Gebäckstücke, legte dem Mädchen einen Geldschein auf den Tresen und setzte sich wieder.

»Hat er ihr Geld gegeben, damit sie abhaut? Wie mein Großvater?« Moses lächelte anzüglich.

»Im Gegenteil. Sie hat alles Geld einer schwangeren Schwarzen gegeben, damit sie die Klappe hält.«

»Ja, von einem Weißen schwanger zu sein bringt Kohle. Wenn man Glück hat.« Moses lachte und sie wurden heiterer wie am Tag zuvor, als sie mit einem Bier in der Hand im Sonnenaufgang vor der Stadt gestanden hatten. Ob der Missionar die Schwarze geschwängert hatte, schien Moses nicht wirklich zu interessieren.

»Bist du religiös?«, fragte Nick.

»Und ob! Natürlich bin ich religiös.«

»Christ oder was?«

»Christ. Kein Moslem. Hat sich so ergeben.« Sie lachten wieder.

»Ich frage, weil mein Vater ja ziemlich religiös ist, vermute ich zumindest. Er redet manchmal wie ein verkommener Heide, dann wieder wie der frommste Prediger. Ich verstehe diese Hin und Her noch nicht.«

»Was verstehst du daran nicht?«, fragte Moses und widmete sich genüsslich seinem Gebäck.

»Ich bringe es nicht in einen Einklang. Wenn man fromm ist, prügelt man nicht auf seinem Sohn herum, nennt ihn nicht einen Wichser und flucht nicht wie ein Bierkutscher, oder?«

Moses lachte ausgelassen.

»Frag ihn besser nicht danach.« Sie bestellten sich noch mehr Bier. Vor der Türe parkte ein Lastwagen mit laufendem Motor so ungeschickt, dass die Auspuffgase ungehindert in das Café strömten.

»Ich will wissen, was jetzt mit ihm los ist, verstehst du? Auch das mit seiner Religion! Ich will es genauer wissen.«

»Das musst du auch. Sonst wäre deine Reise vergeblich.«

»Weil es wichtig für ihn ist?«

»Klar. Weil du ihn sonst nicht verstehst. Ohne seine Religion wäre er nicht hier, sondern säße in einem Büro in Deutschland. Am Ende hat ihn Afrika irgendwie infiziert.«

»Wie meinst du das?«, fragte Nick.

»Na, unsere Leute sind ziemlich begabt für alles Religiöse, auf afrikanische Weise. Das geht mehr unter die Haut und in die Seele. Manche Weiße infizieren sich, dann können sie nur noch schwer zurück.«

»Er ist aber doch immer noch Europäer! Bei uns ist man evangelisch oder katholisch oder nichts, damit hat es sich.«

»Ich weiß«, sagte Moses.

»Warst du schon in Europa?«, fragte Nick.

»Oh Mann! Was denkst du denn?! Ich war in Schweden und England. Und in Hildesheim. Ich habe die Leichtathletik-Nationalmannschaft begleitet. Die meisten guten Läufer konnten kein Englisch. Ich musste dolmetschen, damit sie nicht verhungert sind.« Moses stand ärgerlich auf, ging auf die Straße und stellte den Fahrer des Lastwagens zur Rede. Nick sah die beiden wie Kampfhähne voreinander stehen. Plötzlich lachten sie, schlugen die Hände gegeneinander, der Fahrer stieg in den Wagen und fuhr weg.

»Und da hast du eine Menge mitgekriegt?«, fragte Nick.

»Ja sicher, ist ja alles ziemlich christlich bei euch, alles voller Kirchen. Hat mich sehr beeindruckt.«

»Aber?«

»Dein Alter ist einfach eine Extra-Nummer, denke ich. Der ist ein anderes Kaliber, immer die Allmacht Gottes vor Augen. Du müsstest mal die Leute hören, wie sie über ihn reden. Streng war Geldermann. Keine Geschenke für Kirchenbesucher. Er verlangte frommen Lebenswandel und dass man immer Gutes tat. Und doch das Leben in vollen Zügen genoss! Das hat meinen Leuten gefallen und sie sind gern in seine Kirche gegangen. Die Lieder, die er für sie übersetzt hat, singen sie noch heute. Vor ein paar Jahren hatte er wohl eine Krise, keiner wollte so richtig darüber sprechen. Das war zu der Zeit, als die Sekten nach Kilimatinde kamen, mit ihren Geschenken und all dem Klimbim. Da kann man ja verstehen, dass seine Kirche plötzlich leer stand. Die sind hier so arm wie Scheißefresser und lassen sich natürlich leicht einfangen. Mr Geldermann stand im Regen. Vielleicht hat ihn das fertig gemacht … Irgendwie war seine Zeit um. Ich meine die Art und Weise, wie er hier gearbeitet hat. Dabei ist er früher mit den Leuten oft auf die Jagd und auf Fischfang gegangen und war kein Freund von Traurigkeit. Das kann man wohl sagen!«

»Er trinkt heute noch gern.«

»Er macht noch andere Sachen gern.« Moses sah ihn an und lächelte, als würde er es bedauern.

»Kann sein. Es interessiert mich im Moment nicht so sehr«, sagte Nick.

»Das ist die richtige Einstellung für dich. Du kannst deinen Alten sowieso nicht ändern. Du bist nicht als sein Richter oder Buchhalter hier. Das Beste, was du erreichen kannst, ist, ihn ein bisschen kennen zu lernen und zu verstehen. Das ist doch schon was, oder?«

»Ist aber nicht so einfach, wie ich dachte. – Ob meine Mutter ihn bei der Missionsgesellschaft verpfiffen hat? Wegen der Weibergeschichten?«

»Wer denn sonst!« Moses blickte zweifelnd vor sich hin. »Aber wie soll man das sicher wissen? Die Leute hier in Kilimatinde glauben nicht, dass sie es getan hat, keiner redet schlecht von ihr. Sie haben deine Mutter gemocht und trauern ihr nach! Jeder weiß, dass du hier bist. Wenn du über die Straße gehst, sieht dich jeder, und jeder weiß, wer du bist. Auch wenn sie sich nichts anmerken lassen. Aber sie sind neugierig wie verrückt. Sie wollen alles von mir wissen. Was du so mit ihm erlebst. Kaum drehst du mir den Rücken, umlagern sie mich schon wie die Bären den Honigtopf. Aber ich halte dicht, keine Sorge. Es ist erst mal eine Sache zwischen deinem Papa und dir. Und von Abraham erfahren sie nichts!«

»Was erzählen die Leute denn sonst noch so? Ich meine, über meinen Alten«, fragte Nick.

»Dass er ein Heiliger ist. Ein Mann, der Gott an seiner Seite hat. Ein verlässlicher Freund. Aber ein wunderlicher Mann, weil er leidet, wenn Gott mal Pause macht mit seiner Liebe zu ihm. Sie sagen: Wenn Gott eine Pause macht, dann muss man ein Stück des Weges eben alleine gehen. Das muss jeder! Sie verstehen nicht, warum er so leidet und schwermütig geworden ist. Es sei doch normal, dass Gott mal Pause macht. Sie wissen auch, dass er nur noch nachts vor seinem Hause sitzt. Jeder hat ihn schon einmal da sitzen sehen. Aber sie haben keine Ahnung, wie sie ihm helfen können.«

Nick bat Moses, ihm einen Kaffee zu bestellen. Das verlegene Mädchen hinter dem Tresen verstand kein Englisch, schob ihm aber schnell eine Tasse über den Tisch. Die Kaffeetasse in der Hand, starrte Nick gedankenverloren vor sich hin.

»Ich weiß nicht, was dahinter steckt«, sagte er. »Ich meine, hinter seiner ganzen Art, wie er hier seinen Job gemacht hat.«

»Er ist vielleicht so etwas wie ein Mystiker«, sagte Moses.

»Was verstehst du darunter?«, frage Nick.

»Na, das sind diese komischen Heiligen«, Moses verzog sein Gesicht zu einer Grimasse, »die geradezu verrückt vor Liebe zu Gott sind. Im Grunde haben sie erfunden, wie man richtig lebt, so ganz nahe dran am Leben. Verstehst du? Wie unsereins, wenn er Drogen genommen hat. Oder mit einer guten Frau im Bett ist. Aber solchen Typen geht's noch besser, weil das Hochgefühl bei ihnen nicht aufhört, kein Ende hat. Meistens saufen sie oder vögeln sich durch die Gegend. Alles Gute, Schöne und Sinnliche ist für sie ein Zeichen Gottes. Sie sind unglaublich nahe dran – wenn es richtig ist, was ich mal in einem Buch darüber gelesen habe.«

»So einer soll er sein? Was ich von ihm weiß, hörte sich nicht so heilig an. Er hat nicht abgestritten, dass er Frauengeschichten hat. Und die Prügel, die er mir verabreicht hat, waren auch nicht gerade heilig, oder?«

»Du musst das nicht so eng sehen, Bruder! Für ihn kommt irgendein Religionsgeschwafel wie in manchen Kirchen und bei den Sekten nicht in Frage. Aber Religionsgeschwafel habt ihr bei euch zu Hause ja auch, oder? Das ist für einen Mann seiner Art nicht genug, verstehst du? Vermutlich ist er deshalb nach Afrika gekommen und hier geblieben. Weil ihm hier niemand reinredet. Außer unsere eigenen Propheten, und mit denen hat er sich immer gut gestellt. Die haben sich komischerweise glänzend mit ihm vertragen.« Moses lachte wieder. »Unsere schwarzen Propheten, die solltest du mal sehen … Stell dir jemanden wie Geldermann mit einem unserer Propheten mit wilden Haaren und all dem Klimbim um den Hals mal bei euch in Wuppertal vor. Wie sie sich in einer Kirche vor der Gemeinde über Gott und das Leben unterhalten.« Er lachte, wurde aber sofort ernst. »Der mit seiner Leidenschaft für alles Mögliche, den hätten sie bei euch längst in die Klapsmühle gesteckt. Der käme da nicht zurecht …

Hier, unsere Leute, die finden so was gut. Vergiss nicht, dass er für sie ja auch eine Menge getan hat. Ich wusste gar nicht, dass er auch was von Heilen versteht ... Wie ein guter Medizinmann ...«

»Klar, er hat früher Medizin studiert. Haben sie dir auch gesagt, wovon er lebt? Ich meine, wo er sein Geld herkriegt?«

Moses bewegte bedächtig den Kopf.

»Manchmal hat er Straßen oder Schulen für die Regierung gebaut. Oder hat Aufträge für das Gesundheitsministerium übernommen. Solche Jobs waren immer nur ganz kurz, er hat nie eine Predigt verpasst.«

»Ich werde ihn mal selbst danach fragen.«

»Eine Menge Fragen, was? Na, ich habe Zeit. Ich mache mir nur Sorgen, dass bald dein Geld ausgeht.«

»Kein Problem. Vergiss den guten alten Haferkamp nicht.«

»Rolf Haferkamp?«

»Genau. Woher kennst du seinen Namen?«

»Von den Leuten hier. Geldermann erwähnte ihn bei allen Versammlungen in seinen Gebeten.« Sie lachten beide.

»Oh Mann! Wenn Haferkamp das wüsste.«

»Erzähl es ihm. Es stimmt.«

Wie ein Panther aus dem Dunkel

Jemand klopfte an die Türe zu seinem Zimmer. Draußen war es noch hell. Nick hatte tief geschlafen. Er zog sich seine Hose an und öffnete. Vor ihm stand sein Vater.

»Ich will etwas zum Essen machen, mein Sohn. In einer halben Stunde bin ich fertig. Wir essen zusammen, ja?« Er drehte sich um und ging in die Küche. Nick zog sich an und folgte ihm. Sein Vater hantierte mit einem kleinen Berg Kräuter in der Spüle, ein paar Wurzeln, die er gerade geputzt hatte, lagen auf der Anrichte, ein paar Flaschen und Tüten mit Gewürzen daneben. Auf dem Herd brutzelte es in zwei tiefen Pfannen. Nick setzte sich an den Tisch am Fenster, wo bereits zwei saubere Teller standen. Geldermann war vertieft in seine Arbeit.

»Hast du Hunger?«, fragte er.

»Ich bin sehr hungrig«, sagte Nick, »die Restaurants hier sind ja nicht gerade toll.«

»Warum gehst du nicht zu Mama Mlenga? Sie kocht gut.«

»Ich kann doch nicht einfach in ihre Hütte gehen und Essen verlangen.«

»Natürlich kannst du das. Du bist mein Sohn.« Geldermann warf eine Hand voll Grünzeug in eine der Pfannen und wedelte mit der Hand die Schwaden weg. Sie schwiegen. Geldermann nahm die Teller und füllte sie mit einem grünen Gemisch aus gekochten Blättern und Wurzeln. Nick fiel auf, dass sein Vater kein Tischgebet sprach. Während sie aßen, sagte Geldermann ohne aufzublicken:

»Ich würde gern einmal mit dir einen langen Spaziergang machen. Am Riff entlang. Durch unsere Wälder oder hinunter zu den Sümpfen. Am besten mit großen schwarzen Hüten auf … Aber ich bin zu schwach, nach all dieser Zeit. Kannst du das verstehen? Ich schlafe gleich noch ein bisschen. Das wird mir gut tun.«

»Bist du früher viel durch die Gegend gestreift?«, fragte Nick.

»Es war Teil meines Lebens«, sagte Geldermann.

»Kommst du mit den Leuten hier klar?«

Geldermann sah ihn nachdenklich kauend an.

»Ob ich mit den Afrikanern hier klarkomme, fragst du? Ich sehe keinen großen Unterschied zu den Weißen. Sie sind wie wir, Spitzbuben und Ehrenmänner, Schlampen und wunderbare Frauen. Die meisten sind in Ordnung. Nur manche meinen, sie müssten sich wie Trottel aufführen, weil die Weißen es so erwarten. Die reden dann geheimnisvolles Zeugs und geben es als afrikanisch aus. Alles Unsinn … Das Einzige, was uns unterscheidet, ist ihre starke Familienbindung und dass sie noch wissen, wo oben und unten ist. Außerdem sind sie so großzügig und tolerant, wie wir es nicht mehr kennen.« Geldermann zuckte leichthin mit den Schultern. »Ich habe selten Probleme mit ihnen gehabt. Sie mit vielen der Weißen, die hier herumstreichen, umso mehr.«

»Was für Probleme meinst du?« Nick legte sein Besteck neben den leeren Teller. Es war ein schrecklicher Fraß gewesen, fand er. Und viel zu scharf gewürzt. Das Essen brannte noch in seiner Kehle.

»Na, allein wie sie sich hier aufführen.« Er lachte und widmete sich genüsslich seinem Essen. »Manchmal benehmen sie sich, dass den Schwarzen vor Staunen der Mund offen steht. Kein Wunder, dass sie grinsen, wenn sie jemanden von unserer Sorte sehen. Ich will dir mal ein kleines Abenteuer erzählen. Ich war mit meinem guten Freund Mhogoro und ein paar anderen auf der Jagd in den Bergen im Süden. Ziemlich öde da oben, alles Buschland und Stein. Wir waren schon drei Tage lang unterwegs und lagerten in der Mittagshitze, um ein bisschen Fleisch zu braten. Antilope vom Feinsten! Da hören wir eine Stimme in der Nähe, jemand singt, ganz laut und deutlich. Wir lassen die Fleischspieße sinken und horchen. Der Gesang kommt näher. Da tritt ein nackter Mann, ein blonder Weißer, aus den Büschen. Schnell legt er, als er uns sieht, beide Hände vor sein Geschlecht. Da steht er also. Völlig nackt, nur ein paar hohe Schuhe hat er an. Wir sind sprachlos vor Erstaunen und beginnen zu lachen. Ich frage ihn schließlich auf Englisch, was er hier im Busch und dazu noch nackt zu suchen hat. Da sagt er: Ich komme aus Ruanda. Den ganzen Weg nackt?, frage ich ihn. Er lacht nun auch und kommt näher. Nein, sagt er, vor ein paar Tagen haben mir ein paar Strauchdiebe aus Kasulu die Kleider abgenommen. Nur die Schuhe haben sie mir gelassen. Wir spenden ihm also Kleidungsstücke, die wir entbehren können, denn er ist schon ziemlich verbrannt, ganz rot im Gesicht und am Körper. Ich gebe ihm meine Weste, Mhogoro seinen Hirtenmantel. Aus einem Stück Tuch binden wir eine Kopfbedeckung. Er bedankt sich nicht einmal, sagt aber, er habe seit Tagen nichts gegessen und tierischen Hunger. Wir bieten ihm einen leckeren Fleischspieß an. Nein, sagt er, Fleisch sei Gift für den Menschen, er sei Vegetarier. Also holen meine afrikanischen Freunde Früchte aus dem Busch und er isst sie. Er habe noch immer Hunger, sagt er. Also klettern meine Freunde auf die Bäume und holen noch mehr Früchte. Nun, frage ich ihn, wo sind Sie zu Hause und wo wollen Sie hin? Ich komme aus Dänemark und bin Maler, sagt er. Ich bin unterwegs nach Dar es Salaam. Warum sind Sie dann hier im Busch?, frage ich. Ich gehe gerne zu Fuß, antwortet er, ich will zu dem Herrn Präsidenten Nyerere und ihn malen. Meine Freunde verbeißen sich nur mit Mühe das Lachen.

Sollten wir den Verrückten allein im Busch zurücklassen? Nein, das kam für Mhogoro und die anderen nicht in Frage. Wir unterbrechen unseren Jagdausflug und bringen ihn nach Manyoni zur Polizeistation. Das ist ein Weg von zwei Tagen. Die Polizisten besorgen ihm vernünftige Kleider und versprechen, ihn mit einem Dienstfahrzeug nach Dar es Salaam zu bringen, wenn jemand dort zu tun hat. Denn Geld oder seine Papiere sind weg. Ich frage ihn noch, ob der Präsident denn weiß, dass er kommt, um ihn zu malen. Er sagt, das habe die dänische Botschaft geregelt, er sei weltbekannt als Maler.

Später erfuhren wir, dass er bei einer jungen Witwe in Manyoni geblieben ist, zwei Söhne mit ihr hatte und erst nach über vier Jahren mit dem Geld abgereist ist, das sich die Witwe für ihn leihen musste. Vermutlich wollte er endlich den Präsidenten malen. Ein paar Jahre später bekam ich eine Postkarte von ihm. Aus Kopenhagen. Kein Wort des Dankes, kein Wort über den Präsidenten oder das Bild. Aber an mich die Mahnung, kein Fleisch mehr zu essen – und ich solle mich in Manyoni um seine Kinder kümmern.«

»Was ist mit den beiden Kindern?«, fragte Nick lachend.

»Der Älteste der Söhne, den er Hamlet getauft hatte, studiert jetzt in Arusha. Den anderen hat er Olafur genannt, im Gedenken an seinen eigenen Vater, der aus Island stammte. Er ist wie sein Vater Maler geworden. Ziemlich brotlos in diesem Land. Also malt er Reklameschilder für die Geschäfte.«

»Kümmert sich der Däne noch um sie?«

»Natürlich! Er schreibt ihnen Briefe, jedes Jahr einen, und gibt ihnen gute Ratschläge für ihr Leben. Dafür ist ein Vater ja da! Geld schickt er ihnen allerdings nicht.« Nach einer nachdenklichen Pause murmelte er: »Väter tun nie genug...« Dann erhob er sich. »Ich leg mich jetzt noch ein bisschen hin.«

»Moment noch«, sagte Nick aus einer plötzlichen Eingebung heraus. »Kann ich die Geschichte haben?«

»Wofür?« Geldermann drehte sich verwundert an der Türe um.

»Vielleicht kann ich sie aufschreiben – und veröffentlichen«, sagte Nick.

Geldermann lächelte. »Mach damit, was du willst. Afrika ist voller Geschichten.«

Nick fragte ihn nicht, ob sie wieder in der Nacht zusammen sein würden. Er war nahe daran, es zu tun, aber er schluckte die Frage herunter. Als würde sie etwas Intimes anrühren, das am hellen Tag nichts zu suchen hatte.

Geldermann verschwand in seinem Zimmer. Nick reinigte die Teller und Pfannen, stellte den Rest des Essens in den Kühlschrank und begann, die Küche aufzuräumen. Bei einem oberflächlichen Blick in der ersten Nacht hatte sie ordentlich gewirkt, aber nun entdeckte er Verwahrlosung. Der Elektroherd starrte geradezu von angebrannten Essensresten, die beiden Schränke waren offensichtlich monatelang nicht abgewaschen worden, auf Tassen und Tellern im Schrank lag Staub. Die Fensterscheiben waren fast blind. Nick arbeitete verbissen und sorgfältig und dachte dabei an den verrückten Dänen und wie man das zu einer Geschichte verarbeiten könnte.

Er nahm die Eimer und Tücher und ging in den Raum, der früher einmal der Schlafraum seiner Eltern gewesen war. Betten gab es hier nicht mehr, aber man sah noch die Stelle, an der sie gestanden hatten. Schrank, Stühle, Regale, Fußboden, alles war von Staub bedeckt. Nick nahm einen Besen, um das Gröbste wegzufegen. Dann wischte er die Möbel mit einem feuchten Lappen ab. Er wusste nicht, was ihn antrieb. Er brauchte eine gute Stunde, bis der Raum sauber war. Hier haben sie mich gezeugt, dachte er, als er in der Türe stand und zufrieden sein Werk betrachtete.

Sein Blick fiel auf den alten Wohnzimmerschrank mit Glastüren, der schon immer hier im Schlafzimmer gestanden hatte. Er sah etwas Weißes hinter der Scheibe des oberen linken Faches, ging noch einmal in den Raum und öffnete das Türchen. Da lag ein Stapel Luftpostbriefe. Nick nahm sie mit ans Licht. Sie waren an Geldermann gerichtet, die Adresse sorgsam mit Tinte in einer Handschrift geschrieben, die ihm bekannt vorkam. Als er begriff, durchfuhr ihn Panik, sein Herz hämmerte wie der Motor einer Maschine.

Verdammte Scheiße.

Es waren Briefe seiner Mutter.

Er öffnete den oberen Umschlag, um auf das Datum zu sehen. Der Brief war vor fünf Monaten geschrieben worden. Von Elisabeth Geldermann. Als Absender war ein Postfach in Wülfrath angegeben. Mit zitternden Händen prüfte Nick alle Umschläge; sie waren ausnahmslos von ihr. Briefe, über Jahre hinweg.

Nick war versucht, sie zu öffnen und zu lesen.

Aber seine Hände, sein ganzes Inneres weigerten sich.

Verflucht! Hinter meinem Rücken schreiben sie sich …

Er legte die Schriftstücke zurück und floh in die Waschküche. Dort begann er wie gehetzt und mit zittrigen Händen, den Boden und die verdreckten Fenster zu putzen. Dann ordnete er Waschmittel, Seife, Bürsten und alle möglichen herumliegenden Dinge und stellte sie in die Regale. Wütend schlug er mit dem nassen Lappen auf die Heerscharen von Kakerlaken ein, die er in ihrer Ruhe gestört hatte und die in alle Richtungen flüchteten. Mit einem Besen holte er die letzten Spinnweben von der Decke und aus den Ecken. Er war in einer wilden Euphorie des Saubermachens, wie er es von sich nicht kannte, und hätte gern noch das Zimmer seines Vaters gereinigt. Aber er wagte nicht, es zu betreten. Wenn ich ihn jetzt sehe, frage ich ihn nach den Briefen, dachte er. Niemals! Er bearbeitete mit Bürste und Scheuermittel die Toilette, verrieb eine halbe Flasche Essig gegen den Geruch und fegte den Beton vor dem Haus. Er schüttete Wasser über die Fläche und wischte sie gründlich. Er arbeitete wie besessen, im Licht einer trüben Glühbirne wie unter einer Glocke, in der sich Motten und kleine Fliegen tummelten. Bei dem hellen Licht vor dem Haus wirkte das Dunkel da draußen undurchdringlich. Der große Baum und die umliegenden Gebäude waren nicht mehr zu sehen. Erst in der Dunkelheit würde man mehr erkennen können.

Was bedeuteten die Briefe?

Bevor Nick die Glühbirne auf der Veranda löschte, betrachtete er seine vom Scheuern roten Hände. Langsam beruhigte er sich und wartete sehnsüchtig auf die Nacht, wenn er mit seinem Vater wieder vor dem Haus sitzen würde. Er spürte wohltuend die Kühle und die Ermüdung seiner Glieder von der Arbeit. Er wartete stumm und blieb wach. Er würde seinen Vater niemals auf die Briefe ansprechen, da war er ganz sicher. Dass es sie gab, stellte alles auf den Kopf. Warum hatte seine Mutter Grünenberg geheiratet, wenn sie Geldermann noch liebte? Wegen der Versorgung ihrer Kinder? Ahnte Grünenberg das vielleicht? Oder gab es trotz dieser Briefe eine Art von Liebe zwischen ihnen? War das überhaupt möglich? Dieser zufällige Fund und jeder Tag, jedes Gespräch mit seinem Vater machte es für Nick schwieriger, Ordnung in die Dinge zu bringen.

Gegen zwei Uhr rührte sich im Zimmer seines Vaters etwas. Nick hatte den Eindruck, Geldermann würde singen, war sich aber nicht sicher. Er lauschte, froh darüber, dass ihn die Geräusche von seinen nutzlosen Gedanken ablenkten. Er versuchte sich klar zu machen, was geschehen war.

Der Mann war am Tage aufgestanden und hatte für ihn gekocht. Was hatte ihn von seiner Stille und Stummheit befreit? War es ein Zeichen der Besserung von seiner Schwermut?

Wie hatten eigentlich die Gespräche in den drei Nächten vorher begonnen? Er wusste es nicht mehr genau, nur so viel, dass er hineingefallen war, ohne Seil und Netz immer in eine neue Verwirrung. Er war verstört, aber unbeschadet daraus hervorgegangen. Sollte er heute mehr Fragen stellen? Was fragen? Er warf sich vor, seine vielen Gedankenfetzen nicht aufgeschrieben zu haben. Was sollten die Fragen von gestern, wenn seine Welt durch ein Bündel Briefe so durcheinander geschüttelt wurde?

Geldermann kam aus der Türe. Er hielt eine Ginflasche in der Hand und ging ohne Gruß um den Jungen herum. Er setzte sich in seinen Lehnstuhl und atmete tief durch.

»Solche Geschichten, wie gestern Nacht die von deiner Mutter, erzähle ich nicht gern«, begann er leise. »Sie setzen immer jemanden ins Unrecht, der sich nicht wehren kann. Es ist so passiert, wie ich es dir erzählt habe. Aber auch ganz anders, vermutlich. Unsere Erinnerung ist sehr eifrig dabei, für uns Rechtfertigungen zu basteln. Vergiss es einfach. Ich weiß sehr wohl um meine eigene Schuld und bin nicht dazu auf der Welt, anderen ihre Sünden vorzuhalten. Nein, das wollte ich nicht.«

Er nahm einen Schluck Gin und reichte seinem Sohn die Flasche. Nick behielt sie in der Hand. Er hüstelte und gab sich einen Ruck.

»Hat Mama dich bei der Missionsgesellschaft angeschwärzt?«, fragte Nick und bemühte sich, ebenso leise zu sprechen. Geldermann zögerte mit seiner Antwort, blickte in den schwarz-blauen Himmel und strich mit seinen großen Händen über die Armlehne seines Stuhls.

»Ich bin sicher, sie war es nicht. Zu Verrätereien taugte sie nicht. Ist mir auch egal. Welchen Nutzen sollte es haben, wenn ich es sicher wüsste?«

»Immerhin würdest du klarer sehen«, sagte Nick unsicher.

»Was klarer sehen? Mich? Oder sie? Oder wie die Welt so läuft? Es würde nichts verbessern.«

Nick schwieg. Er wusste nicht, was sein Vater damit sagen wollte. Jetzt wäre der Augenblick, ihn zu fragen, ob er mit seiner Mutter noch Kontakt habe. Er brachte es nicht über seine Lippen.

»Das Gute, das wir wollen, tun wir nicht. Das Böse, das wir nicht wollen, tun wir.«

»Na komm! Ganz so schlimm ist das ja wohl nicht gewesen. Oder was meinst du damit?«

»Ich habe nur Paulus zitiert, und den kennst du wohl nicht, du ungebildeter Heide! Gott hat mir solche Sätze der Bibel eingebrannt und ich habe vielleicht oft übersehen, dass man mit ihm an der Seite nicht auf der Seite der Sieger steht, solange man auf der Erde ist.«

»Das verstehe ich nicht.«

Geldermann schwieg eine Zeit lang und rieb mit einer Hand die Lehne seines Stuhls, als sei er verlegen. Nick sah, dass ihn etwas bewegte, und er wartete.

»Ich weiß nicht, was die Grundlage deines Lebens ist, Nick. Ob du überhaupt an Gott glaubst.« Er sah seinen Sohn von der Seite her an.

»Schwer zu sagen. Außerdem sollte man Leute so etwas nicht fragen, wenn sie nicht selbst davon anfangen.« Nick fürchtete, nun würde sein Vater mit Bekehrungsversuchen beginnen. Alles sträubte sich in ihm.

»Keine Sorge. Du bist noch nicht erfahren genug, um einfach mit Ja oder Nein zu antworten. Das ist auch in Ordnung so …« Er machte eine Pause und Nick glaubte, ein Lächeln auf seinem Gesicht zu sehen. Geldermann fuhr fort: »An Gott glauben zu können ist eine Gnade. Entscheidender ist, so zu leben, dass *er* an *dich* glaubt.« Geldermann sah ihn an. Nick fühlte, wie entspannt sein Vater war an diesem Abend, und beschloss, ihn jetzt nicht mit Fragen zu unterbrechen.

»Die Wege, die ich eingeschlagen habe, nachdem ich das Medizinstudium aufgegeben hatte, waren ziemlich krumm. Ich ahnte eine Richtung, aber ich kannte das Ziel nicht. Eine Reise im Nebel, das war mein Leben. Aber es war alles folgerichtig, was passierte. Er hat mich sicher geführt. Das habe ich erst später erkannt.«

Nick begann sich zu ärgern.

»Du hast noch kein Wort darüber gesagt, warum du das Medizinstudium aufgegeben hast«, sagte er.

»Von Ärzten gibt es genug.«

»Und warum bis du dann nicht Pfarrer, sondern Missionar geworden?«, fragte Nick, immer noch ärgerlich. »Gab es auch von Pfarrern zu viele auf der Welt? Erklär das mal so, dass auch unsereiner es versteht!«

Geldermann lächelte zu ihm hin.

»Ich werde mir Mühe geben, Nikolaus. Es gibt Erlebnisse, die beeinflussen einen mehr, als man im ersten Augenblick begreift. Ich war als Vikar in meiner Ausbildung einem Pfarrer in einer Gemeinde in Solingen zugeteilt, der mit seiner Frau und zwei Kindern in einem prächtigen Haus lebte. Es waren freundliche und fromme Leute, ich kam gut mit ihnen aus und machte meine Arbeit. Dieser Pfarrer fiel manchmal in eine schlimme Schwermut, musste in Behandlung zu einem Therapeuten und manchmal sogar wochenlang in eine Anstalt. Ich wusste nicht, was mit ihm los war. Die meisten Pfarrer müssen zu einem Therapeuten, musst du wissen. Sie kriegen die Dinge nicht mehr zusammen, den Anspruch ihres Berufes, ihre Zweifel, ihre Ehe, ihren Sex, ihre Unfähigkeit und die Erwartungen der Gemeinde, die Fülle der Schicksale vor ihrer Tür. Das macht sie fertig, brennt sie aus. Eines Tages hat mir der Pfarrer erzählt, was mit ihm los war. Er tat es stammelnd und weinend wie ein Kind.

Es war im Herbst 1942, der Krieg und die Judenverfolgung waren auf ihrem Höhepunkt. Er hatte gerade geheiratet und war noch in den Flitterwochen. Da klopfte eines Nachts jemand an seine Türe. Vor ihm stand ein Amtskollege, ein evangelischer Pfarrer, der jüdischer Herkunft war. Nimm mich auf, sagte er, die Gestapo ist hinter mir her. Mein Chef öffnete die Tür und ließ den anderen ein, wies ihm ein Zimmer zu und verabredete mit seiner jungen Frau, dieser Mann müsse nun bei ihnen leben, bis der Nazispuk vorbei sei. Man arrangierte sich, der Verfolgte konnte nur im Schutze der Nacht manchmal draußen einen Spaziergang machen, sonst blieb er in seinem Zimmer und las. Wenn Besucher kamen, musste er in den Keller. Nach einigen Wochen allerdings veränderte sich die Situation: Der Gast begann, schmutzige Reden zu führen, immer häufiger in unangenehmer Weise über Sex zu sprechen. Wenn der Hausherr nicht anwesend war, machte er der jungen Pfarrersfrau unsittliche Angebote. Sie erzählte es schließlich ihrem Mann, der den Gast zur Rede stellte. Vergeblich, es wurde immer unerträglicher. Eines Abends war er wieder zu einem Spaziergang aufgebrochen. Da traf der Pfarrer in seiner Ratlosigkeit und Not einen Entschluss: Er packte ein Bündel aus den wenigen Sachen, die der Amtskollege mitgebracht hatte, und legte es vor die Türe. Als der zurückkam und wie immer leise klopfte, rief ihm mein Chef durch das Fenster zu, er solle verschwinden, er habe das Gastrecht missbraucht mit seinem ungehörigen Verhalten. Der jüdische Pfarrer bettelte, er sei verloren ohne seinen Schutz. Aber der Pfarrer ließ ihn nicht herein. Da nahm der Jude sein Bündel und fuhr mit seinem letzten Geld mit der Eisenbahn nach Köln, wo er bei einem Freund auf Hilfe rechnen konnte. Aber schon am Bahnhof wurde er verhaftet und als Jude erkannt. Er wurde in ein Konzentrationslager gebracht und ermordet.

Der Pfarrer fand im Zimmer seines Kollegen schließlich noch eine Menge Geld. Den verhassten Nazis konnte und wollte er es nicht geben. Eine so große Spende an die Kirche aber wäre aufgefallen. Was tun? Nun, er kaufte damit einfach das Haus, in dem er wohnte – und noch lebte, als ich bei ihm Vikar war. Die Gewissensbisse ist er nie losgeworden und fand schon gar nicht den Mut, die Geldgeschichte mit seiner Kirche zu klären.

Nick! Es war nicht die Frage nach Schuld oder dem unauflösbaren Konflikt, die mich damals aufgerüttelt hat, sondern die Tatsache, in einer Welt zu leben, in der solche Dinge passieren und in der ein Pfarrer keinen anderen Weg sieht als seinen Nächsten und sich selbst doppelt und dreifach zu verraten. Was hätte ich getan an seiner Stelle? Was hättest du getan? Nein, ich machte ihm, als er mir das unter Tränen beichtete, keine Vorwürfe. Im Gegenteil, ich tröstete ihn, so gut ich konnte. Und weinte selbst über dieses lächerliche erbärmliche Land, in dem ich selbst ja auch leben und arbeiten sollte. Ich sah mich plötzlich in einem Gestrüpp von Fallen, von Unterholz, von Unausweichlichkeiten. Was mich damals ebenso fertig machte wie die Tragik der ganzen Geschichte, war eine für mich unerwartete Kleinigkeit, die mir mein Chef gestand: Er kam nie über den Verdacht hinweg, dass seiner Frau das anzügliche Gerede gefallen haben könnte. Nicht so sehr der Verrat, sondern das gestörte Vertrauen löste seine Schwermutanfälle aus.«

Nick hatte wie gelähmt und zugleich zitternd vor Erregung zugehört, als habe ihn die Geschichte angesprungen wie ein Panther aus dem Dunkel. Er sah sich im Menschengedränge vor der Garderobe des Theaters mit Valerie in ihrem Gespräch über das Petermann-Stück. Er erinnerte sich an ihre politische Deutung, an die Beklommenheit, die das Stück bei ihm ausgelöst hatte, das unangenehme Gefühl von Enge und gegenseitigem Belauern, das zu Verrat, Tod und Krankheit geführt hatte. Also gab es doch eine historische Vorlage, sein Vater hatte mittendrin gesteckt und sich damit abgequält. Hier gab es keine Sieger, nur Besiegte und Opfer, oder? War doch etwas dran an Valeries Deutung? Haben die Kolonialherren in Afrika sich bereichert und damit wirklich gesiegt? Oder haben sie ihre Unschuld verloren und sich durch all ihr Unrecht ihre eigene Zukunft verstellt? Was nutzen die Fragen nach Moral und Schuld, wenn es Ereignisse gibt, die einen so aufrütteln und doch ratlos zurücklassen? Hatte sein Vater denn etwa seine Zeit in Afrika heil überstanden? Konnte man ihn als Sieger bezeichnen?

Geldermann unterbrach Nick in seinen hektischen Grübeleien und fuhr leise fort:

»Ich hatte damals eine starke Sehnsucht nach Weite und Größe, wie vielleicht alle leidenschaftlichen jungen Männer, nach wichtigen Begegnungen, nach der Freiheit des Christenmenschen, wie Luther es gesagt und ich es verstanden habe. Das war dort, wo ich zu der Zeit lebte, nicht zu haben. Deshalb ging ich nach Afrika, mit Gottes Segen. Hier fand ich, was ich suchte, das Leben war stark, ursprünglich und übersichtlich, und er, der mich geschickt hatte, war immer an meiner Seite. Er führte mich auf rechter Bahn und half mir, die Fesseln hinter mir zu lassen.«

Geldermann atmete schwer, als sei er erschöpft vom Sprechen. Noch bevor Nick etwas fragen konnte, fuhr er begeistert fort:

»Er schenkte mir Haferkamps Freundschaft für Hilfe in der Not, er gab mir Elisabeth für meine Familie und Abraham und viele andere für meinen Glauben, für die Jagd, für unsere wunderbaren Gesänge auf dem Heimweg und an den Nachtfeuern, als stünde Johann Sebastian Bach zwischen uns und würde dirigieren. Er schenkte mir jeden Morgen die Sonne am Himmel, und klein und so mutig die Menschen, voller Bereitschaft, ihr herrliches Leben anzunehmen – und zu kämpfen. Wir begannen, uns stark zu fühlen durch sein Werk hier in dieser verlassenen Ecke der Welt.« Seine Stimme wurde brüchig und ängstlich, als er fortfuhr. »Ja, das ist wohl meine Schuld, dass ich eine Begeisterung spürte, als sei ich auf der Seite der Sieger. Warum Gott sich von einem Menschen abwendet, kann niemand wissen, doch ich erkläre mir das so …« Er senkte bewegt seinen Kopf auf die Brust, sah wieder auf und sprach weiter. »Wie haben zu viel Spott ausgegossen, zu viel Gelächter angestimmt über andere, die den aufrechten

Gang nicht einmal versuchten. Und dann begann meine Prüfung …«

Nick wartete, ob Geldermann fortfahren würde. Er blickte vorsichtig zu ihm hin und sah, dass Tränen über sein Gesicht liefen. Dann sprach Geldermann weiter, leise wie vorher, unterbrochen von kleinen Schluchzern.

»Wie gelassen habe ich den Spott der bigotten Sekten ertragen, dieses Geschmeiß aus Europa und Amerika. Wie sie höhnten! Deine Kirche ist leer, sagten sie, deine Schule ist leer! Auch dein Wasserwerk hat versagt. Was tust du hier noch? Was hast du vorzuweisen? Wie viele hast du getauft in fünfundzwanzig Jahren? Wo ist denn deine große Gemeinde? Solche Erbärmlichkeiten haben mich nicht gestört. Ich habe sie als kleinere Prüfungen Gottes angesehen und mehr bedeuteten sie wohl auch nicht. Ich war im sicheren Gefühl, der richtige Mann am richtigen Ort zu sein. Trotz aller Irrtümer, die ich erst heute erkennen kann. Ich habe nicht wirklich gelitten! Die Niederlagen sah ich als Prüfungen an, die sein mussten für einen Mann wie mich! Zweifel? Nein! Auch wenn meine Arbeit schließlich nur noch darin bestand, den Menschen hier in ihrem Elend und ihren Sorgen Mut und Kraft zu geben, ihre Kinder am Morgen fröhlich aufzuwecken und sie stark zu machen für den anbrechenden Tag. Und Lieder habe ich ihnen in ihre Sprache übersetzt, Lieder der Innerlichkeit und des Trostes, die sie heute so lieben. Sogar die Heiden unter ihnen singen sie! Wie würziges Brot haben sie die Lieder angenommen – und mit ihrer unglaublichen Musikalität ihre eigenen daraus gemacht.

Mein Freund Abraham hat viel mit mir geredet und mich manchmal zu mehr Demut ermahnt. Ja, der alte Abraham! Ich solle den Verlust meiner Familie und den Spott und den nachlassenden Erfolg nicht so leicht nehmen, sondern gründlich darüber nachdenken, sagte er, so einfach, wie es mir manchmal scheine, sei Gottes Wille nicht zu verstehen. Und dann kam jene Nacht, von der ich dir erzählt habe. Erinnerst du dich?«

»Ja, ich weiß«, sagte Nick. Sein Vater sah ihn an.

»Dabei sind die Zeichen, die Gott mir gesandt hat, so klar. Die Antwort auf alle meine Fragen ist heute ganz einfach: Gott will mir sagen, dass ich am Ende meines guten Weges angelangt bin. Mein Leben hat sich erfüllt, seit ich alle meine Irrtümer und Schwächen zu akzeptieren gelernt habe. Fragen nach richtig oder falsch sind jetzt lächerlich. Als Trost oder Mahnung hat er hat mir meinen Sohn noch geschickt. Das ist gut so.«

»Was redest du da? Was willst du damit sagen, Papa?« Es war Angst, fast schon Entsetzen, das plötzlich in seinem Genick saß, eindrang wie Wasserfluten in einen undichten Keller. Nick war wie versteinert auf seinem Stuhl. Auf dem Platz vor ihnen rührte sich ein leichter Wind in dem großen Baum, zwei Schakale schnüffelten an Abfällen.

»Es ist schon gut, mein Junge. Es hat mir sehr geholfen, dir das zu erzählen, so gut ich es konnte. Damit du weißt, woher ich in all den Jahren die Kraft geschöpft habe. Du musst dir keine Sorgen um mich machen, es ist alles gut so, wie er es schickt.« Er lächelte seinen Sohn liebevoll an. »Eine Folge von Liebesgeschichten bestimmten mein Leben trotz aller Niederschläge. Ich habe beides ausgehalten.«

Dann stand er auf.

»Morgen Nacht ist wieder Zeit, dass wir miteinander reden.« Er verschwand mit festen Schritten im Haus. Nick blieb sitzen und lauschte den Geräuschen seines Vaters, wie er einen Stuhl rückte, sich auszog. Dann war Stille im Zimmer.

Warum war er jetzt gegangen? Warum wollte er keine weiteren Fragen hören? Es war alles noch verworrener für Nick. Was hatte seinen Vater an dieser Geschichte der beiden Pfarrer im Dritten Reich so aufgewühlt, dass sie sein Leben verändert hat? Nick hatte es nicht wirklich begriffen. Zwischen den Sätzen Geldermanns aber waren für Nick Lichter aufgeblitzt, die etwas von der Sehnsucht dieses Mannes und von seiner Leidenschaft ahnen ließen, die ihn stärker bewegten als alle Verwirrungen und Niederlagen. Nick nahm die Ginflasche, die sein Vater zurückgelassen hatte, und trank.

So einfach kommt er mir nicht davon, dachte er. Und ob ich noch Fragen an ihn habe!

Er saß dort, bis ein feiner heller Streifen und ein Schwarm weißer Vögel, die zu den Sümpfen zogen, den neuen Tag ankündigten und die verworrenen Gedanken sich mit seiner Trunkenheit mischten.

Der macht mich fertig, der Alte

Am Mittag ging Nick in den Ort, um Moses zu suchen. Er hatte unruhig geschlafen, der Alkohol war ihm nicht bekommen. Gegen elf Uhr hatte er versucht Valerie anzurufen und hatte die Rezeption des *Silver Sand Beach Hotels* in Dar es Salaam erreicht. Miss Valerie sei abgereist, sagte man ihm dort, man wisse nicht, wann sie zurückkommen werde. Einen Teil des Gepäcks habe sie deponiert. Er war von der Nachricht beunruhigt. Was hatte sie vor? War sie auf einer Safari? Sie hatten verabredet, dass sie auf ihn warten sollte.

Moses saß im Restaurant in einer Ecke und las Zeitung.

»Wie geht es ihm?«, fragte er und bestellte für Nick eine Cola.

»Er ist nicht gut drauf. Das meiste, was er geredet hat, habe ich nicht verstanden, war ziemlich durcheinander. Er sagte, er sei am Ende seines Weges.«

»Oh Mann«, sagte Moses, »das hört sich nicht gut an. Hat er es erklärt? Irgendwie begründet?«

»Ich verstehe seine Logik nicht. Er meint, sein Versagen sei gewesen, sich auf der Seite der Sieger gefühlt zu haben.«

»Was?« Moses schob die Zeitung beiseite und sie sahen nachdenklich auf die Straße, wo sich zwei Männer bemühten, einen Esel zu beladen. Die Eseltreiber fanden das Gleichgewicht nicht und einer der Säcke zog den anderen immer wieder auf seine Seite.

»Vielleicht meinte er, sein Leben sei nicht bescheiden genug gewesen. Und von Demut hat er gesprochen.«

Moses sah ihn fragend an.

»Aber er lebt doch mehr als bescheiden!«, sagte er.

»Such dir mal einen *mzungu*, der so bescheiden und demütig lebt wie er! Nach allem, was ich von den Leuten hier über Mr Geldermann gehört habe, war er einer der wenigen Weißen, der wie sie gelebt und der sie nicht für arme, einfältige Trottel gehalten hat.« Er lachte böse. »Die *wazungu* denken immer, Afrikaner seien einfache Gemüter. Und ein bisschen blöd und von ihren Geistern verwirrt. Nur weil sie ein paarmal mehr grinsen und Tanzschritte ausprobieren.« Moses kicherte.

»Ja, so ist das, mein Bruder! Aber Mr Geldermann ließ sich nicht täuschen. Er hat ganz schnell mitgekriegt, dass hier kein zoologischer Garten ist und dass hier die Leute genauso depressiv, traurig, fröhlich, kaputt oder einfältig sind wie die Leute in Europa auch. Unsere Leute hauen und prügeln sich, betrügen und kämpfen, sind blöd oder begabt. Das wollen die meisten Weißen nicht sehen, es passt ihnen nicht in ihr Konzept. Unsere Leute merken das genau, lassen sich aber nichts anmerken. Weil sie grundsätzlich höflich sind – oder sie machen einen auf Bimbo, damit sie ihre Geschenke bekommen.« Er lachte wieder kichernd. »Da ist Mr Geldermann schon ein anderes Kaliber!«

Nick bestellte noch eine Cola.

»Das haben dir die Leute erzählt?«, fragte er.

»Genau so! Die schütteln den Kopf über die *wazungu* und lachen manchmal, weil sie sie nicht verstehen.«

»Was mach ich jetzt mit meinem Alten?« Nick hielt sein Glas in der Hand.

»Ganz einfach. Lass alles auf dich zukommen. Was du fragen willst, das frage ihn! Nächste Nacht geht es ihm vielleicht schon besser, wer weiß. Immerhin ist er nicht wieder ausgerastet. Gestern hat er sogar abends Essen gekocht.«

»Ziemlich ungenießbares.«

»Das macht doch nichts. Hast du es ihm gesagt?«, fragte Moses.

»Wo denkst du hin! Wenn der Alte schon mal für mich kocht, kann ich nicht herumstänkern! Außerdem habe ich einmal Prügel bezogen, das reicht.«

»Frag ihn doch einfach, wie es jetzt weitergehen soll. Du bist ja nicht ewig hier, oder? Es sei denn, du bleibst hier?!« Moses sah Nick verschmitzt an.

»Ich bin kein Missionar!«

»Kein Grund, nicht hier zu bleiben«, sagte Moses und winkte dem Mädchen hinter dem Tresen, ihm ein Bier zu bringen.

»Der macht mich fertig, der alte Macho«, sagte Nick. Sie waren sich durch das intime Gespräch nahe und mochten sich.

»Ein Macho ist der nicht. Der ist in Ordnung.«

»Du kennst ihn nicht«, gab Nick zu bedenken.

»Du etwa? Nach allem, was ich von den anderen höre, ist er ein grundgütiger Mann.«

»Und fromm wie ein Wanderprediger. Auch wenn er ein ewiger Macho ist. Wie passt das zusammen?«

»Das spielt keine Rolle. Was einer macht, ist egal. Wie er es macht, ist nicht egal, finde ich.« Moses öffnete mit seinem Feuerzeug die neue Bierflasche. Er bestellte ein paar Bananenchips.

»Ich sollte vielleicht doch einen Arzt holen. Was er da so geheimnisvoll geredet hat, vom Ende des Weges, gefällt mir nicht«, sagte Nick.

»Geh zu Abraham und lass ihn das entscheiden. Wenn ein Arzt ihn sieht, sperren sie ihn vielleicht ein.«

»In die Klapsmühle, meinst du?«

Moses nickte.

»Ich glaube irgendwie nicht, dass er dahin gehört. Er muss nur von seinen komischen Ideen runter, alles sei bald zu Ende.«

»Na, du bist ja da.« Moses erhob sich. »Schlaf dich aus. Für seinen Alten muss man fit sein, oder?«

»Für den besonders. Der macht mich fertig, der Mann!«

Sie zahlten und traten gemeinsam auf die Straße. Moses ging auf sein Zimmer. Nick hörte seine Schritte auf der wackligen Treppe, die an der Außenwand des Hauses hochführte. Er zog sich zum Mittagsschlaf zurück.

Bevor Nick sich hinlegte, versuchte er noch einmal, Valerie im Hotel zu erreichen. Es gab keine neuen Nachrichten über ihren Verbleib oder ihre Pläne.

Das Gleichnis von der Motorpumpe

Die Ginflasche stand zwischen ihnen. Die Nacht war kühler als die vorausgegangenen. Geldermann hatte sich eine Weste übergezogen und Nick seine leichte Jacke.

»Du wolltest mir erzählen, was du machst«, begann Geldermann.

»Ach, nicht so wichtig. Ich bin von der Schule abgegangen und arbeite als Redakteur bei einer Zeitung.«

»Was ist ein Redakteur?«, fragte der Vater.

»Na, eigentlich bin ich erst Volontär, aber ich werde bald Redakteur sein. Noch knapp ein Jahr. Ich muss schreiben, über alles berichten, was so passiert bei uns, habe viel mit Kultur und Lokalpolitik zu tun.«

»War deine Mama damit einverstanden? Ich meine, dass du von der Schule gegangen bist. Doch ohne Abitur, oder?«

»Ich wollte weg von der Schule«, sagte Nick. »Einverstanden war sie nicht gerade. Eher im Gegenteil. Aber ich wollte endlich was machen.«

»Du wolltest weg von ihr?«

»Das auch.«

»Abhauen ist noch keine Lösung«, sagte Geldermann.

»Hast du doch auch gemacht, oder?« Nick sah ihn von der Seite an. Er hatte den Eindruck, dass sein Vater grinste, aber er antwortete nicht auf die Frage.

»Ist ja auch egal«, sagte Geldermann schließlich, »nur hört sich das alles nicht gerade begeistert an. Auf Dauer sollte man keinen Beruf machen, den man nicht liebt. Dazu ist man nicht auf der Welt, hörst du? Die Zufriedenheit, von deiner Mutter abgehauen zu sein, verfliegt – und was dann?«

Nick wurde ärgerlich.

»Was erwartest du von mir? Dass ich mit neunzehn weiß, wie der Rest meines Lebens abläuft? Ich habe ein Recht darauf, mein Ding zu machen. Und schließlich geht es ja auch darum, Geld zu verdienen, vielleicht eine Familie zu ernähren – eines Tages.«

»Schon gut, reg dich nicht auf«, sagte Geldermann und trank aus der Flasche.

»Ist das alles, was dich interessiert?« Nicks Ärger hatte sich noch nicht gelegt. Er nahm auch einen Schluck und spürte, wie der Alkohol ihn besänftigte. Er hatte keine Lust auf einen Streit.

»Hast du eine Freundin?«, fragte Geldermann.

»Und was für eine! Sie heißt Valerie und wartet im Hotel in Dar es Salaam auf mich.«

»Erzähle.«

»Was willst du wissen?« Nick war auf der Hut.

»Wie du sie kennen gelernt hast! Ob ihr heiraten wollt! Was denn sonst?«

»Das war an meinem ersten Tag bei der Zeitung, in einer miesen Boxbude. Ich sollte etwas zur Probe schreiben, weil ich bei der *Rundschau* ein Praktikum machen wollte. Da habe ich sie getroffen.«

»Sie hat dich geangelt?«

Geldermann grinste Nick an.

»Was soll der Quatsch? Wir haben uns wiedergesehen und da ist es passiert.«

»Also doch. Und dann sofort ins Bett. Übers Heiraten habt ihr noch nicht gesprochen und über das Leben schon gar nicht! Da gehe ich jede Wette ein! – Ich lese ja schließlich deutsche Zeitungen, so alle vier Wochen mal, und kann mir schon vorstellen, wie das bei euch läuft.«

»Was weißt du denn von mir und ihr!? Du hast doch keine Ahnung«, sagte Nick gereizt.

»Lass mal. Ich will mich nicht einmischen, keine Sorge. Warum hast du sie nicht mitgebracht? Hierher nach Kilimatinde?«

»Ich wollte erst mal sehen, ob du einer bist, den man vorzeigen kann. Und ob man eine schöne junge Frau überhaupt in deine Nähe lassen darf«, sagte Nick aufsässig.

»Und zu welchem Schluss bist du gekommen?«

»Ich weiß nicht. War sicher besser, dich alleine zu besuchen.«

»Sie wollte sowieso nicht mit. Richtig?«

Nick antwortete nicht. Sein Ärger wuchs, weil sein Vater ihn provozierte. Geldermann schien an Valerie nicht sonderlich interessiert zu sein, denn er wechselte das Thema.

»Du gehst von der Schule ab, verlässt deine Mama, suchst dir einen unsicheren Beruf und fängst eine Geschichte mit einer Frau an. Dann reist du noch nach Afrika, um deinen Vater zu suchen. Du halst dir eine Menge Sachen auf, findest du nicht?«

»Was soll denn das schon wieder! Gerade du musst mir Ratschläge geben! Du gehst nach Afrika, weil dich eine schmierige Verratsgeschichte auf die Palme gebracht hat. Und setzt nicht nur einen Juden, sondern eine Frau mit drei Kindern vor die Tür! Du fliegst aus der Mission und bleibst trotzdem hier. Keiner kommt in die Kirche, du predigst weiter … Wer also halst sich sein Leben lang eine Menge Sachen auf? … Ich werde es schon schaffen. Oder hast du etwas einzuwenden?«

»Nein, überhaupt nicht. So machen Männer das, laden sich mehr auf, als sie schultern können. Nur pass auf, dass noch Kräfte für die wichtigen Dinge übrig bleiben!«

Nick wusste nicht, was Geldermann meinte. Er schwieg ärgerlich. Warum ging sein Vater nicht auf die Provokation ein? Es war nicht schön, dass sie ihr Gespräch in gereiztem Ton führten. Oder empfand nur *er* das so? Er sah Geldermann von der Seite an. Der saß ganz ruhig und gelassen in seinem Lehnstuhl, die Beine ausgestreckt. Er bat Nick um eine Zigarette.

»Du rauchst doch nicht«, sagte Nick. Geldermann antwortete nichts darauf und steckte sich die Zigarette an.

»Ich bin sehr glücklich, dass du zu mir gekommen bist, Nick. Das will ich dir sagen. Es ist so, als sei mein Gebet erhört worden. Auch der gute Abraham freut sich. Er sagte mir, nun würde alles gut werden. Und er hat wie immer Recht!«

Nick schwieg verlegen. Musste Geldermann plötzlich so feierlich werden? Er war auch auf der Hut, erwartete noch eine provozierende Bemerkung. Sein Vater fuhr fort.

»Wenn ich einmal nicht mehr bin, dann hast du wenigstens diese Nächte, die wir gemeinsam geredet haben …«

»Ein paar Nächte reichen mir nicht«, sagte Nick leise.

»Wofür reichen sie nicht?«

»Weiß ich nicht genau.«

»Ein paar Nächte sind viel. Und du hast Abraham kennen gelernt, meinen Freund, und damit einen Teil von mir. Und den Ort, wo ich mein Leben verbracht habe. Du hast jetzt Afrika gesehen, mein geliebtes Afrika. Eines, wo sich kein Tourist oder Entwicklungsexperte freiwillig hinverirrt. Gott sei Dank, ich kann sie nicht ausstehen, wie sie ihre Kameras vor jeder armen Hütte zücken und mit ihrem Wohlstand tödliche Begehrlichkeiten wecken …« Er schwieg einen Augenblick, sah auf die Glut seiner Zigarette. Dann sagte er:

»Vielleicht lernst du auch bald, dich zu wundern. Das Staunen ist es, was dir noch fehlt. Ohne das Staunen sieht man zu wenig, auch nicht die Geheimnisse hinter den Dingen.«

»Ich versteh dich wieder mal nicht«, sagte Nick. »Welches Geheimnis meinst du? Gewundert habe ich mich durchaus, darüber wie du hier so lebst! Oder in welches Schlamassel du mit deiner Frau gekommen bist«, antwortete Nick bissig.

»Sogar das wirst du irgendwann verstehen, mein Lieber. Auch wenn es nicht so wichtig ist.«

Geldermann nahm die Flasche. Er trank in kleinen Schlucken, Nick hatte nicht den Eindruck, dass er betrunken war. Seine Feierlichkeit kam woanders her. Er hatte es offenbar nicht darauf abgesehen, sich zu besaufen wie manchmal vorher.

»Du redest viel vom alten Abraham. Wieso ist er so wichtig für dich?«, fragte Nick unvermittelt. Er sah, wie sich sein Vater über die Frage zu freuen schien. Er sah ihn mit glänzenden Augen an.

»Weißt du, bevor ich nach Afrika gereist bin, dachte ich wie die meisten Europäer. Die schwarzen Jungs sind lieb und nett und ein bisschen einfältig, aber leider verdammt arm und hilflos. *Unsere jüngeren Geschwister,* sagte Albert Schweitzer einmal. So ein Blödsinn! Aber ich habe so ähnlich gedacht. Hier konnte man etwas tun, wir Europäer wollten die Welt neu erschaffen, mit allem, zu dem wir fähig waren, und mit unserem Geld. Auch wenn uns die Afrikaner manchmal dabei im Wege standen ...« Er lachte hämisch. »Du hast mich mal gefragt, wo denn mein Krankenhaus, meine Schule, mein großes Projekt sei. Oder? Gott sei Dank habe ich solche Ideen aufgegeben! Die Afrikaner kommen hier ganz gut ohne uns zurecht; solange wir uns nicht dauernd einmischen und sie nicht als Müllkippe für unsere lächerlichen Vorstellungen von Zivilisation benutzen ...«

Er beugte sich gut gelaunt zu seinem Sohn. Die Geschichte, die er dann erzählte, unterbrach er immer wieder mit seinem Lachen, als berichte er von einem komischen Betriebsunfall. »Stell dir mal vor! Abraham und ich hatten vor vielen Jahren einen wunderbaren Plan. Mit Rolf Haferkamps Geld kauften wir eine Wasserpumpe, das Feinste vom Feinen. Aus England importiert. Das Geld war alle, aber die Pumpe lief, sauber untergebracht in einem Pumpenhäuschen. Von nun an würde es Wasser für ganz Kilimatinde geben! Jeden Tag betrachtete ich das Werk mit Wohlgefallen. Nach zwei Wochen lockerten sich ein paar Schrauben und der Motor begann auszuschlagen. Ich wusste, bald würde alles kaputt sein, wenn nicht jemand die Schrauben anzog, eine Kleinigkeit. Ich ging zu Abraham. Hast du einen Schraubenzieher? Woher soll ich einen Schraubenzieher haben, Henry. Frag woanders! Also rannte ich durch Kilimatinde, um einen Schraubenzieher zu finden. Die meisten wussten gar nicht, was ein Schraubenzieher ist. Es gab im ganzen Dorf keinen. Ich fuhr mit dem Fahrrad nach Manyoni – in Kilimatinde gab es damals noch kein Telefon – und rief in Dodoma an. In einer Woche könnte jemand kommen und einen mitbringen, sagte man mir, wenn ich die Fahrt und den Lohn bezahlen würde. Ihr könnt mich mal, habe ich gesagt. Dann habe ich eine alte dicke Schraube, die ich mal irgendwo auf der Straße gefunden hatte, mit dem Hammer so lange bearbeitet, bis sie vorne platt war wie ein Schraubenzieher. Die Arbeit hat einen halben Tag gedauert. Abraham und ich haben uns abgewechselt und immer davon geredet, was das für ein wunderbarer Schraubenzieher werden würde. Vermutlich ein technisches Meisterwerk. Der erste selbst gemachte Schraubenzieher in Kilimatinde. Das Ding ist also fertig. Abraham und ich eilen zum Pumpenhaus und wollen die Schrauben festdrehen. Ein feierlicher Augenblick, kannst du dir sicher vorstellen! Ich behauptete, ich wüsste von früher, wie man so was macht. Tatsächlich!« Er unterbrach sich und lachte laut. »Tatsächlich, eine Schraube kriege ich fest. Bei der zweiten stellt sich heraus, dass die Fläche vorne zu dick geraten ist. Und als wir das technische Ding da, diese Pumpe, genauer betrachten, stellen wir fest, dass wir noch dringender einen Schraubenschlüssel brauchen. Was ist denn ein Schraubenschlüssel?, fragt mich Abraham. Aus Spaß natürlich. Ich erkläre es ihm aus Spaß und er sieht mich ungläubig an. Sag bloß, sagt er, den kannst du auch bedienen!? Ja, behaupte ich, das kann ich. Ehrlich! Aber herstellen kann ich ihn nicht. Wir setzen uns mit einer Flasche Bier in den Schatten des alten deutschen Forts dahinten, um zu beraten. Also, sagt Abraham, was soll denn eigentlich der ganze Mist. Wir bauen die Pumpe ab und verscheuern sie wieder. Warum denn das?, frage ich ihn. Stelle dir mal vor, sagt er nachdenklich. Wir kaufen Schraubenschlüssel und Schraubenzieher in den richtigen Größen. Was kostet das? Ich nenne den Preis. Also mehr als ein Bauer in einem Jahr verdient. Damit fängt unser Problem aber erst an: Wir stellen jemanden ein, der mit den Werkzeugen umgehen kann und die Pumpe regelmäßig wartet. Denn das kannst du nicht, Henry, du bist nicht unser Mechaniker, sondern unser Seelsorger! Wir müssen also einen Mann ausbilden und bezahlen. Für eine einzelne Pumpe lohnt das nicht. Also müssten wir in Manyoni, Saranda, Bahi und anderen Orten auch Pumpen aufstellen, damit es sich lohnt und der Mann zu tun hat.

Womit den Mann bezahlen? Womit das Öl, das die Maschinen brauchen? Und das Fahrrad, das er für seine Wege braucht? Soll das alles dein Freund Haferkamp bezahlen? Nein, sage ich, das wäre zu viel verlangt. Also, sagt Abraham, müssen wir noch mehr Getreide verkaufen, mehr Holz schlagen, bis nichts mehr da ist?! Nein, sage ich, dann sind die Leute bald am Ende. Solche Kosten müsste eine Regierung bezahlen!, sage ich. Welche Regierung, fragt Abraham. Ich entgegne ihm: Die von Tansania hat kein Geld, das wissen wir. Wir fragen die deutsche Regierung. Also komm, Henry, du machst Scherze! Wo soll das denn hinführen!?, sagt Abraham. Sollen wir etwa hier ein Verwaltungsbüro einrichten, um Anträge und Abrechnungen zu erledigen? So ein richtiges Bettelbüro willst du hier einrichten? Sollen wir ganz Kilimatinde zu einer Bettlergemeinde machen, in Abhängigkeit bringen? Schon sind wir wieder da, wo die Kolonialherren uns hingebracht haben. Nur alles noch viel demütigender, weil wir es genehmigen. Nein, das alles ist nicht für uns geeignet, Henry. Wir leben in einer Weltgegend, wo so etwas noch nicht geht. Wir müssen solche Probleme anders lösen!

Und er hatte Recht, der Alte. Er ist ein verdammt kluger Mann, mit einem scharfen Verstand. Er erkennt immer das Entscheidende, die Wahrheit hinter allen Problemen, die so auftauchen! Weil er nie nur an sich selbst denkt. Das ist selten, Nick!

Also haben wir unseren eigenen Brunnen gebaut, mit eigenen Mitteln, ohne Motor und all die schönen Sachen. Er lieferte gutes Wasser, wenn auch nicht so bequem wie ein Wasserhahn der Stadtverwaltung. – Seitdem haben wir auf solchen Unsinn verzichtet. Und keiner ist verhungert. Das Elend begann erst wieder größer zu werden, als die Sektenprediger und die reichen Entwicklungsexperten aufgetaucht sind und den Leuten ihren Mist angedreht haben. Jetzt haben sie hier fließendes Wasser, wenn jemand es bezahlen kann, und es gibt sogar eine Tankstelle …« Geldermann machte eine resignierte Handbewegung.

»Aber man kann doch auf Dauer die Entwicklung nicht aufhalten, Papa!«, sagte Nick. »Eine Tankstelle ist doch eine nützliche Einrichtung.«

»Kommt darauf an, was die Entwicklung kostet und wer sie bezahlen kann. Und wer am Ende die Schulden am Hals hat«, sagte Geldermann. »Jetzt haben jedenfalls nur ein Dutzend Leute fließendes Wasser, und der alte Brunnen ist verwahrlost!«

»Was ist denn mit den Sachen von Haferkamp?«, fragte Nick listig und beobachtete das Gesicht seines Vaters. Er schien keineswegs ärgerlich, als er antwortete.

»Ich wünschte, ich hätte ihn nie anbetteln müssen. Aber jeder Mensch hat nur ein kurzes Leben. Das gilt auch für Afrikaner, mein lieber Nikolaus! Mit Rolfs Hilfe haben wir verhindert, dass allzu viele Leute zum Teufel gehen mussten, weil sie krank waren, die Schule nicht bezahlen konnten, blind ohne Brille wurden oder nicht mehr weiterwussten. Er schickte uns Medikamente, Brillen, Insektizide, meistens Geld. Größere Sachen schon längst nicht mehr. Abraham und ich, wir haben sehr genau überlegt, wie wir die Geschenke verteilt haben, ohne Begehrlichkeiten zu wecken.«

»Warum ist so einer wie er nicht Pfarrer, Lehrer oder Politiker geworden?«, fragte Nick.

»Weil es nicht seine Sache ist. Er wollte immer Tierarzt und Bauer sein, und das ist er sein Leben lang gewesen. Er hatte nie Sehnsucht nach Geld oder Waren und all dem, was den Leuten hier in Afrika den Kopf verdreht. – Als Politiker wäre so einer wie er mit seinen Vorstellungen bald gescheitert, glaub mir das!«

Nick schielte zu seinem Vater, wie er mit liebevoller Leidenschaft von seinem Freund erzählte.

»Und du?«, fragte er.

Geldermann schwieg eine Zeit lang. Dann antwortete er, leise und ruhig:

»Abraham ist ein Mann! Ich habe versucht, auch einer zu werden. Man hört nie auf, es zu versuchen.«

Geldermann stand auf. Er blieb vor Nick im Dunkeln stehen, so dass sein Sohn seinen Gesichtsausdruck nicht erkennen konnte.

»Wenn du so jemandem wie Abraham begegnest und seine Freundschaft gewinnst, ist das wertvoller als jede Frau. Wir sind alle verrückt nach Frauen und jagen jedem schönen Rock hinterher. Wir meinen, wenn wir vögeln, dann sei das die Erfüllung unseres Lebens. Ja, es ist eine Erfüllung! Aber du solltest nie aufhören, danach zu suchen, wer du selber bist. Dabei kann dir ein Mann wie Abraham mehr behilflich sein als jede Frau. Vergiss das nicht! Nur so kommst du auf das Geheimnis hinter den Dingen. Es ist keine Ware, die man kaufen kann; es hat mir dir zu tun.«

»Hört sich an wie eine echte Macho-Predigt«, murmelte Nick. Geldermann tat, als habe er nichts gehört. Er stand vor ihm, in dunklen Umrissen erkennbar, aber jetzt nicht drohend. Nick war nahe daran, auch aufzustehen, aber sein Vater bedeutete ihm sitzen zu bleiben.

»Ich komme gleich wieder«, sagte er und ging ins Haus. Nick hörte ihn in seinem Zimmer.

Als er zurückkam, zeigte er Nick ein kleines dunkles Lederbeutelchen, an das zwei kurze Schnüre genäht waren.

»Siehst du das hier?«, sagte er. »Es ist ein Fetisch. Wir Europäer lachen darüber, weil es in unseren Augen Aberglaube ist. Trotzdem schenke ich es dir, damit du es hast. Für alle Zeiten, hoffe ich.«

»Was soll ich damit?«, fragte Nick und befühlte das kleine dunkle Beutelchen. Ihm war nicht wohl wegen der Feierlichkeit, mit der sein Vater ihm das Ding in die Hand gedrückt hatte.

Geldermann ging nicht auf die Frage ein.

»Wir wissen nicht, was drin ist. Wir werden es nie erfahren. Es sei denn, wir öffnen es, aber damit zerstören wir es. Es ist auch völlig gleichgültig, was da drinsteckt, und es sollte ein Geheimnis bleiben. Es ist die *Erinnerung* an das Geheimnis, mein Sohn. Mehr nicht.«

»Was soll ich damit machen?«, fragte Nick noch einmal, er war unsicher, ob sein Vater ihn vielleicht auf den Arm nahm.

»Gar nichts, es ist kein Glücksbringer. Wichtig ist, dass du es hast – und es nicht vergisst.«

Geldermann lächelte ihm zu und reichte ihm die Flasche, aus der er gerade getrunken hatte. Nick steckte den Fetisch ein und hielt seine Hand in der Tasche, um ihn zu befühlen. Der Vater bat ihn um eine Zigarette und Nick steckte sie ihm an.

»Diese Nacht ist besonders schön«, sagte Geldermann und blies den Rauch aus. Er hatte sich vorgebeugt und schaute zum Himmel, der übersät war mit Sternen.

»Der Mond bewegt sich nicht«, flüsterte Nick und drückte sich tief in seinen Stuhl.

»Es gibt Augenblicke, da weiß man, dass man sie nicht vergisst.« Geldermann strich mit der Hand über Nicks Haare.

»Du machst das schon … mit Gottes Hilfe«, sagte er.

Sie schwiegen. Keiner der beiden erwartete, dass der andere etwas sagte. Nicks Selbstgespräche waren verstummt; kein Erinnern, Grübeln und Planen, kein Gedanke an Gestern oder Morgen. Nur dieser Augenblick hier neben seinem Vater.

Als der Mond hinter einem Wolkenberg verschwand und sein letztes Licht verloschen war, erhob sich Geldermann.

Sie gingen gemeinsam ins Haus. Im Flur zog Geldermann seinen Sohn an seine Brust, drückte ihn und stieß ihn sanft von sich, bevor er in seinem Zimmer verschwand. Sachte schloss er die Türe.

Bis an mein selig Ende

Ein kurzer, harter Knall erschütterte das Haus. Irgendwo splitterte eine Scheibe. Nick fuhr aus tiefem Schlaf auf, um ihn herum war dunkle Nacht. Noch bevor er sich seine Hose angezogen hatte, hörte er vor dem Haus aufgeregtes Rufen. Er erkannte die Stimme Abrahams. Er öffnete die Türe und lief halb angezogen auf den Flur. Abraham stürzte auf ihn zu und schlang ihm beide Arme um die Schultern. Er schluchzte und redete und Nick verstand nicht, was er sagte. Er machte sich los und rannte, von einer entsetzlichen Ahnung getrieben, in das Zimmer seines Vaters. Es war voller Menschen. Er bahnte sich einen Weg durch die Menge.

Geldermann lag mit dem Gesicht zur Wand, wie er tagsüber immer lag. Nick sah die dunkle Stelle am Hinterkopf, wo der Schuss ausgetreten war. Die Pistole war auf den Boden gefallen. Er warf sich über den Mann und sah sein Gesicht an. Der Mund stand offen, eine Blutspur zeigte, dass er sich durch einen Schuss in den Rachen getötet hatte. Nick erstarrte plötzlich und schrie auf, klammerte sich an den leblosen Körper. Das ist er, das ist er, taumelte als einziger Gedanke durch seinen Kopf. Er krallte sich fest in den Stoff von Geldermanns Weste, wühlte sein Gesicht in seine Haare. Bis Abraham und ein paar Männer ihn mit starken Händen von der Leiche wegzogen und hinausführten.

Vor dem Haus standen Menschen mit Fackeln. Wo kommen die her?, dachte Nick. Mein Vater ist tot, dachte er, und ich habe es nicht verhindert.

»Warum?«, schrie Nick, ohne sich an jemanden zu wenden. Er spürte die Arme des alten Abraham, der ihn schweigend an sich presste.

»Es ist sein Weg«, sagte er schließlich leise. »Du hast ihm die Ruhe gebracht.«

»Den Tod!«, schrie Nick und packte Abraham mit beiden Händen. »Den Tod habe ich ihm gebracht! Warum nur? Wir hatten noch so viel zu bereden!« Er weinte hemmungslos und niemand hinderte ihn. Er sah mit aufgerissenen Augen und zitterndem Mund in die Reihe dunkler schweigender Gesichter im Schein des flackernden Lichtes. Da drückte Abraham ihn beiseite an die Wand, hielt ihn fest, redete leise in sein Ohr, so als solle niemand sonst seine Worte hören.

»Er konnte erst Abschied nehmen, als du gekommen bist. Darum hat er gebetet. Das war die Gnade, die er noch für sich wollte. Nun ist er zur Ruhe gekommen. Das ist gut. Er hätte nicht weiterleben können, mein Junge. Du hast es wohl selbst gehört. Sein Weg war zu Ende! Nimm deinen Vater ernst! Er war ein Mann, der keinen Unsinn geredet hat!«

Nick beruhigte sich nicht durch die Worte des Alten,

in seinem Innern tobte Aufruhr. Er hat mich verlassen, dachte er. Er ist einfach ohne mich gegangen! Verflucht. Er ist weggegangen! Und als habe Abraham die Gedanken erraten, sagte er, ebenso leise wie vorher:

»Nein, er hat dich nicht verlassen. Denn du wirst ihn nie vergessen! Er ist gestorben wie ein Mann. Ich habe es gewusst und er wusste es: Er war sehr krank. Er hätte nicht mehr leben können. Er wollte gehen, solange du hier bist. Er brauchte dich an seiner Seite, um mit sich selbst ins Reine zu kommen. Das konntest du nicht wissen, als du die Reise angetreten hast. Komm, wir gehen zu ihm, damit er nicht allein ist.«

Er zog Nick in das Sterbezimmer. Frauen aus Kilimatinde hatten Geldermann das Blut vom Mund gewischt und ihn auf den Rücken gelegt. Seine Augen waren geschlossen und seine Hände auf der Brust gefaltet. Nick setzte sich auf die Bettkante, legte seine Hand auf die seines Vaters und betrachtete ihn. Immer noch liefen seine Tränen. Die Gesichtszüge des Toten waren von einer stillen unbeugsamen Gewissheit und Nick glaubte, ein schwaches Lächeln zu erkennen.

»Er ist im Tod wie im Leben«, sagte Abraham.

»War es die Schwermut?«, fragte Nick.

»Er hatte Krebs, es war hier nicht heilbar. Niemand außer mir sollte es wissen. Er hat seine Schmerzen vor dir verborgen gehalten. Er wollte nicht weg, um sich in seiner Heimat behandeln zu lassen. Er wollte hier sterben, wo er gelebt hat und seine Freunde sind. Wie oft habe ich auf ihn eingeredet: Reise nach Europa, Henry! Sie machen dich gesund. In ein paar Monaten bist du wieder hier. Aber er hat nur den Kopf geschüttelt. Er wollte es nicht.«

»Aber warum? Er war noch nicht so alt!«, flüsterte Nick, sein Gesicht nahe bei dem Abrahams. Der Alte antwortete nicht mehr.

Vor dem Fenster hörten sie leises Singen der Frauen und Männer. Nick kannte das Lied aus seiner Kindheit. Sie sangen auf Kigogo »*So nimm denn meine Hände, und führe mich, bis an mein selig Ende und ewiglich. Ich kann allein nicht gehen, nicht einen Schritt …*«. Sie sangen alle Strophen. Es ist das Lied, das ich kenne, aber doch ein ganz anderes, dachte er verwundert.

Er konnte den Blick nicht abwenden vom Gesicht seines Vaters und sah sich plötzlich selbst, als habe sich sein Geist verwirrt, für einen kurzen Moment im Spiegel des Foyers der Redaktion, das Bild, das immer irgendwie das eines Fremden gewesen war.

»Selbstmord ist Sünde bei den Christen, soviel ich weiß!« Nick blickte hinüber zu Abraham, der neben ihm auf einem Stuhl saß.

»Du wirst noch eine Menge Fragen haben«, sagte Abraham. »Aber mach dir um diese Frage keine Gedanken. Henry hätte darüber gelächelt. Gott ist keine Krämerseele.«

Der Alte erhob sich, strich ihm über die Schulter und ließ ihn allein. Nick blieb am Bett seines Vaters sitzen; er hörte, wie die Menschen von Kilimatinde schweigend in das Dunkel der Nacht hinausgingen. Die Fackeln wankten in alle Richtungen und verschwanden.

Als er aufstand und an das Fenster trat, lag der Platz

schon verlassen, ein Schakal strich wie ein schwarzer Schatten auf der Suche nach Abfällen an den Häusern vorbei. Nick löschte das Licht und setzte sich wieder an Geldermanns Lager, mit dem Rücken an die Wand gelehnt, wo er Gesicht und Körper seines Vaters im schwachen Licht der Nacht betrachten konnte.

Ich werde bei dir wachen, bis es hell wird, dachte er. Du hast mir einmal nachgeschrien, ich würde dir nicht entkommen. Wie du das gemeint hast, weiß ich nicht. Ich dachte, es sei eine Drohung; vielleicht war es auch ein Versprechen? Aber ich werde es herausfinden. Das und vieles andere. Auch mehr über den frühen Tod deiner Eltern. Was war mit deinem ruppigen Vater? Hattest du keine Mutter? Wir sind nicht mehr dazu gekommen, darüber zu sprechen, Henn. Das ist mir wichtiger als deine schwarzen Weiber, mit denen du dich herumgetrieben hast … Und was war mit den Briefen Elisabeths? Gehen mich eigentlich nichts an, oder? Und warum bist du von einem Irrtum fröhlich in die nächste Niederlage gestolpert? Und hast das alles angenommen als dein Leben! Du hast mir wenig Zeit gelassen für meine Fragen, Alter! Väter tun nie genug, hast du gesagt. Vielleicht werde ich es anders machen. Eines Tages, verdammt noch mal!

Nicks Gedanken beruhigten sich in diesem Raum mit seinen unwirklichen Schatten, dem hellen Gesicht Geldermanns, dem unordentlichen Bücherregal, dem halb offenen Fenster mit der zersplitterten Scheibe und der Stille, die ihn und seinen toten Vater einschloss. Bis das erste Tageslicht hereinfiel.

Die Sonne war noch nicht aufgegangen, als Nick Schritte und Stimmen hörte. Moses stand plötzlich im Raum, hinter ihm Valerie. Nick blieb bewegungslos an seinem Platz und starrte sie an, als traue er seinen Augen nicht.

»Was machst du hier?«, brachte er schließlich heraus, immer noch unfähig, ihr Kommen zu begreifen.

Sie kniete sich auf den Boden und legte ihren Kopf auf Nicks Schoß. Ihre Schultern zuckten, während sie schluchzte. Er zögerte noch, dann zog er ihren Kopf an sein Gesicht.

»Mein Gott, Nick! Ich war so unruhig plötzlich und habe es nicht mehr ausgehalten«, sagte sie. »Deshalb bin ich nach Kilimatinde gekommen.«

Nick strich ihr über die dunklen kurzen Haare und nahm ihre Hand.

»Es ist gut, dass du gekommen bist«, flüsterte er und hielt sie fest. »Dieser Mann da. Das war er. Das ist er.«

»Du hast ihn noch kennen gelernt und mit ihm gelebt«, sagte sie und ein Anflug von Lächeln war in ihrem Gesicht.

»Fünf Nächte nur« sagte Nick, »und ein paar Stunden im Bad.«

»Vielleicht ist das mehr, als die meisten von ihren Vätern haben«, sagte sie und suchte mit ihren Augen in seinem Gesicht, ohne ihr Weinen zurückzuhalten.

»Ich sollte wütend auf den Alten sein. Er hat mir wenig Zeit gelassen zu fragen, was ich fragen wollte. Er ist einfach gegangen!«

Valerie schwieg einen Augenblick lang, zog ihren Kopf aus seinen Armen und sah zu Geldermann hinüber.

»Immerhin kennst du jetzt deine Fragen besser als vorher. Und vielleicht findest du die Antworten leichter«, sagte Valerie. Nick drückte sie fester an sich, um ihr zu zeigen, dass er einverstanden war.

Moses war neben der Tür stehen geblieben.

»Deine Frau kam gestern Nacht mit dem letzten Bus«, sagte er. »Sie wusste nicht, wo sie dich finden konnte. Zufällig strich ich noch auf der Straße herum, als sie nach einem Hotel fragte. Ich dachte, man sollte dich nicht stören in der Nacht – wegen deinem Alten da ... Ich hab ihr mein Zimmer gegeben und im Auto geschlafen. Dann hörte ich, was passiert ist, und habe sie geweckt ... Es tut mir verdammt Leid, Nick!«

»Moses streicht oft im richtigen Augenblick irgendwo herum«, sagte Nick und erhob sich. »Es wird bald Tag. Ich denke, es gibt einige Dinge zu regeln.«

Gnade zu meiner Reise

Vier Männer brachten den aus rohen Brettern gezimmerten Sarg. Sie fassten Geldermanns Körper an Beinen und Schultern und legten ihn hinein. Die Männer wuchteten den Sarg mühevoll durch Türe und Flur und trugen ihn fort. Sie sprachen laut, lachten oft, und Nick wunderte sich, dass keine Feierlichkeit aufkam. Er sah die wankenden zerlumpten Gestalten, die Holzkiste zwischen sich, über den Platz in Richtung Kirche gehen.

Auf Geldermanns Schreibtisch fand Nick, sorgfältig bereitgelegt, ein paar Briefe. Zwei waren an seine beiden Schwestern gerichtet, ein Brief für seine Mutter, ein weiterer für Rolf Haferkamp und einer für ihn. Er enthielt nur wenige Zeilen.

>»*Halte mich nicht auf, denn Er hat*
>   *Gnade gegeben zu meiner Reise.*
>
>*Ich habe mit dem Abschied auf dich gewartet. Verzeih mir, dass ich dir den Schmerz nicht ersparen konnte. Aber ich bin ein schwacher Mensch und wollte den Trost*

deiner Anwesenheit. Tu mir noch einen Gefallen, mein geliebter Sohn. Halte diese Predigt zu meinem Abschied in der Kirche. Sobald es Tag wird. Fürchte dich nicht! Dein Papa.«

Der Umschlag enthielt nur diesen Zettel, von einem Manuskript keine Spur. Nick stand über den Schreibtisch gebeugt, suchte unter den Papierbergen, die herumlagen, nach einer Predigt. Er fand unverständliche Lieferscheine, Briefe von Behörden, zerfledderte Zeitungen, ein paar Briefe von Rolf Haferkamp. Aber kein Manuskript.

Was soll das bedeuten?, dachte er. Er glaubt doch wohl nicht, ich würde hier eine Predigt halten ... Er hat mir eine Falle gestellt, der alte Fuchs.

Nick erhob sich vom Schreibtisch. Als er in die Hosentasche griff, fühlte er das kleine Lederbeutelchen, den Fetisch. Den Brief seines Vaters hielt er noch in der Hand. Er ging einmal durch den Raum, sah die leere Pritsche seines Vaters, die stille Bücherwand. Er blickte ratlos durch die zerbrochene Scheibe nach draußen, hinüber zu Abrahams Haus. Dort schienen sich Menschen zu versammeln. Ich werde mich mit dem Alten beraten, dachte er. Valerie schlief in seinem Bett, erschöpft von der mühsamen Reise und der schlaflosen Nacht. Leise verließ Nick das Haus und ging zu Abraham hinüber.

Die Versammlung vor Abrahams Haus erinnerte Nick an einen Film über eine Gewerkschaft von Bettlern, den er vor ein paar Wochen im Studio-Kino mit Valerie gesehen hatte.

Männer mit verwitterten Gesichtern in zerlumpten europäischen Kleidern oder dunklen Hirtenumhängen saßen auf dem Boden im Staub herum, einige mit ihren Frauen in bunten Tüchern. Mama Mlenga verteilte Wasser und Schälchen mit Reis. Ein paar leere Bierflaschen lagen im Gras. Es herrschte ausgelassene Stimmung. Abraham saß als Einziger auf einem Stuhl und schien eine Ansprache zu halten, die oft von Zurufen unterbrochen wurde. Als man Nick bemerkte, schwiegen die Leute und betrachteten ihn neugierig. Der alte Tierarzt wartete nicht auf Nicks Fragen, warf den Leuten ein paar Worte in Kigogo zu und begann in Englisch, ihm die Männer vorzustellen.

»Hier hast du sie fast alle versammelt, die Freunde und Kumpane deines Vaters, Nick. Sie kommen zur Beerdigung, haben schon weite Wege hinter sich. Der da hinten mit der grünen Soldatenmütze ist Ngalya, der beste Jagdaufseher hier an den Sümpfen. Neben ihm sitzt Mhogoro, so als wären sie die besten Freunde. Mich wundert, dass er keine Angst vor Ngalya hat, denn er ist einer der schlimmsten Wilderer und gehört eigentlich ins Gefängnis. Dein Vater war ja Seelsorger für alle und ist deshalb mit beiden losgezogen, wenn er jagen wollte.«

Heitere Zwischenrufe, die Nick nicht verstand, unterbrachen Abrahams Vortrag.

»Hier vorne«, er wies auf ein kleines altes Kerlchen in einer zerrissenen Jacke und an den mageren Beinen Fetzen einer Hose, die einmal zu einem vornehmen Anzug gehört hatten, »das ist Msewonzi. Er ist ein fleißiger Bauer und hervorragender Viehzüchter, musst du wissen. Ein wohlhabender Mann, auch wenn man es ihm nicht ansieht! All die anderen Strauchdiebe hier könnten eine Menge von ihm lernen, wenn sie nicht so träge wären.« Wieder unterbrachen sie seine Rede mit Gelächter und Kommentaren.

»Und da links der, mit der schönen jungen Frau an der Seite, das ist Mazengo. Er fischt in den Sümpfen und bringt uns manchmal Fische und Krebse nach Kilimatinde. Und dann der fromme Matonya, der mit dem lächerlichen Pastorenbeffchen am Hals, er ist Bauer und wäre doch so gerne Pfarrer geworden. Aber sein Vater hat es ihm verboten! Jetzt baut er Hirse an. Der schwarze Riese da am Baum, das ist Filipo, der auf den Märkten Wetten abschließt, ob er einen Esel auf seinen Schultern um das Dorf herum tragen kann. Weil die Leute bei uns gerne wetten und er immer gewinnt, lebt er mit seiner Familie davon. Wäre er so alt wie ich, könnte er vielleicht noch ein Kätzchen herumtragen. – Neben ihm, der mit der vornehmen Kleidung, das ist Matteo, ein Diakon aus Bahi. Er hat sich mit Geldermann um die reine Lehre der Bibel gestritten, solange sie sich kannten. Als würde es sich um Regeln für ein Fußballspiel handeln. Sie sind alle gekommen!«

»Gehörten sie zu Papas Gemeinde?«, fragte Nick.

»Einige ja. Nur Mazengo ist Muslim und ein paar andere sind immer noch finstere Heiden. Das sieht man ihnen an, oder?« Abraham lächelte. »Warum bist du zu mir gekommen, mein Junge?«

Nick erzählte von Geldermanns Brief.

»Was soll ich machen, Abraham? Ich kann mich nicht da hinstellen und so tun, als hielte ich eine Predigt.«

Abraham antwortete nicht sofort, sondern griff sich nachdenklich an seinen kurzen grauen Bart.

»Was er gemeint haben könnte, bleibt im Dunkeln«, sagte er schließlich. »Vielleicht kommst du eines Tages dahinter. Was Väter den Söhnen hinterlassen, müssen sie selbst erkennen.« Er machte eine Pause und griff nach Nicks Arm. »Gleich wird die Kirche voll von Menschen sein, die von Henry Abschied nehmen wollen. Sie werden alle kommen, auch jene, die seit Jahren nicht mehr seine Predigten hören wollten. Denn geliebt haben sie ihn! Wir haben keinen anderen Pfarrer für die Beerdigung geholt, das hätte er nicht gewollt. Und ich will nicht, dass einer der afrikanischen Propheten redet; den wirren Schwachsinn, den sie meistens von sich geben, will ich heute nicht hören. Also musst du den Leuten etwas sagen! Denn du bist sein Sohn, das erwarten sie von dir.« Er blickte Nick an und zwinkerte humorvoll mit den Augen.

»Ich kann mich nicht da hinstellen und predigen. Das wäre das Letzte …«, sagte Nick.

»Ist ja schon gut! Wenn ein Sohn in die Nähe seines Vaters kommt, muss er manchmal Sachen machen, die er eigentlich nicht will. Es geht anderen Söhnen auch nicht besser. Dann fluchen sie auf ihren Vater.«

»Aber predigen ist noch was anderes. Das kann er nicht von mir verlangen.«

»Beruhige dich, mein lieber Nick. Wenn er dir schon keine Predigt hinterlassen hat, so nimm das als ein Zeichen. Erzähle einfach von den letzten Tagen, von eurem Streit, von all den Dingen, über die ihr nachts gesprochen habt. Rede in deiner Sprache. Unseren Leuten macht das nichts, wenn sie nichts verstehen. Sie wollen nicht unbedingt wissen, *was* du da redest, sondern *dass* du etwas sagst.« Er lächelte verschmitzt. »So ist das meistens in der Kirche. Frag mal die Pfarrer, die jeden Sonntag predigen müssen. Unsere Leute wollen, dass jemand redet! Das gehört sich so! Sie sind ja keine Wilden, oder?«

Als Nick mit Abraham und Mama Mlenga aufbrach, folgte ihnen die Schar der abgerissenen Männer mit ihren Frauen. Sie lachten und unterhielten sich, als ginge es zu einem Volksfest.

Flammen hinter den Akazien

Die Kirche hatte keine Bänke, die Leute standen dicht an dicht im Staub. Vor den Türen drängelten sich Menschen, die keinen Platz mehr gefunden hatten. Nick schob sich mühsam nach vorne zum Tisch, der als Altar diente, Abraham und Valerie blieben in seiner Nähe. Er sah in der ersten Reihe Moses und Francis Kilenga. Woher haben sie es gewusst?, dachte er. Wer hat diese Leute eingeladen, in die Kirche zu kommen? Warum kamen sie alle hierher? Er sah auch Kopfbedeckungen von Muslimen und indische Turbane.

Nick stellte sich an den Altar. Von der Decke schwebten lange Strähnen Spinnweben, die Fenster waren zerbrochen, einige hingen schräg in den Zargen, die Holzwände waren bis auf Kniehöhe abgefault und es ächzte im Dachgebälk, wenn jemand gegen die Wände stieß.

Hier hat er an jedem Sonntag gepredigt, ging es Nick durch den Kopf, für Abraham und seine Frau. Manchmal vor einer leeren Kirche. Das hat ihm nichts ausgemacht. Der Alte steht jetzt irgendwie neben mir. Da könnte ich direkt sentimentale Anfälle kriegen. Aber Geldermann war ja nicht viel anders. Drückt mir ein Lederpäckchen in die Hand als Erinnerung an das Geheimnis! Oh Mann, der war tatsächlich ein seltenes Kaliber, der Alte!

Nick lächelte, weil ihn plötzlich zärtliche Zuneigung für Geldermann erfüllte. Er nahm den Brief aus der Tasche.

Bevor er dazu kam, etwas zu sagen, begann die Gemeinde zu singen. Er kannte das gefühlvolle Lied aus den Zeiten, als seine Mutter ihn noch in den Gottesdienst mitgenommen hatte. Seine Grübeleien verflogen mit den ersten Tönen.

Ich bin durch die Welt gegangen, und die Welt ist schön und groß, und doch ziehet mein Verlangen mich weit von der Erde los ...

Wie sie diese alte Schnulze singen, ist schon sensationell, dachte Nick. Das klingt aber anders als bei uns zu Hause. Ein ganz neues Lied ist es geworden, nicht nur weil sie in Kigogo singen.

Sie suchen, was sie nicht finden, in Liebe und Ehre und Glück ...

Hört sich wahnsinnig an! Wie Männer und Frauen sich abwechseln in den Oberstimmen, tiefe Männerbässe die Trommeln nachmachen oder eine wichtige Zeile wiederholen! Als ob Johann Sebastian Bach zwischen ihnen stünde und dirigierte ... Nick erinnerte sich an die Erzählung seines Vaters.

Es ist eine Ruhe vorhanden für das arme müde Herz ...

Sicher hat Papa das ins Kigogo übertragen, dachte er. Würde mich nicht wundern, wenn er den Text verdreht hat, wie es ihm passte. Sie lieben diese Lieder der Innerlichkeit und des Trostes, hatte er gesagt. Wann haben diese Leute verabredet, dieses Lied zu singen? Er sah Überraschung und ein Strahlen in Valeries Gesicht.

Moses flüsterte ihm zu:

»Soll ich übersetzen?«

»Nicht nötig. Ich rede einfach auf Deutsch.«

»Mann, das verstehen sie nicht ...!«

»Das ist nicht wichtig.«

Moses grinste.

»Ist schon in Ordnung, big Massa.«

Nick sprach, ohne lange zu überlegen. Er spürte in sich eine seltsame Art von leichter Traurigkeit. Das Entsetzen der vergangenen Nacht, die Schlaflosigkeit, die Stunden des Schweigens und Wachens neben seinem toten Vater, all das hatte ihn fortgetragen und in eine schwebende Stimmung versetzt.

Die Versammlung hörte gebannt zu. Nick sah die großen Augen der Kinder in der ersten Reihe, die bunten Tücher der Frauen, die langen Gewänder der Wagogo mit ihren kurzen Hirtenstäben, die an der hinteren Wand lehnten. Den zotteligen Kopf eines Propheten mit Bändern, Leopardenzähnen und Lederbeutelchen am Hals. Ganz vorne Papas zerlumpte stolze Freunde.

Es kommt hier nicht darauf an, was ich sage, dachte er.

»Das schreibt mir dieser Kerl, dieser Vater, an den Anfang seines letzten Briefes: Der Herr hat Gnade gegeben zu meiner Reise. Immer noch der sture Bock, der arrogante

Hund. Ich habe heute Morgen in der Bibel nachgeschlagen. Das passt überhaupt nicht zu seinem Abgang, steht in einem ganz anderen Zusammenhang bei Moses! Aber so was ist ihm offensichtlich egal, er dreht alles so hin, wie er es braucht. Macht sich davon. Tritt mir in die Rippen, bringt mich zum Weinen und zur Weißglut, erzählt mir nichts von dem, was ich wissen will, sondern nur das, was ich hören soll, und macht sich davon. Ich steh jetzt hier und hampele herum. Oh, Mr Geldermann, wir hatten fünf Nächte und haben uns ziemlich oft gestritten. Moses meinte, das wäre besser als Blümchen auf einem Grab in Uganda ... Mein Gott, wie er mich in Wut gebracht hat! Arrogant, hochfahrend, anspruchsvoll und manchmal sogar liebevoll auf seine Art. Wie er mir sein ungenießbares Essen serviert hat. Oh Mann, war das ein Fraß. Oder das mit den Zigaretten ... Und wie der alte Heuchler sagte, als sei es ihm gerade eingefallen, er würde gern mit mir mal durch die Wälder streifen, oder am Sumpf entlang. Wir beide mit großen dunklen Hüten auf den Köpfen. Da hätte ich beinahe geweint. Aber das war in seiner Nähe nicht so angebracht. Wer Geldermann gekannt hat, weiß, was ich meine! – Eines muss man auch noch sagen, er war irgendwie ohne Eitelkeit. Kein Aufschneider. Kein Besserwisser. Nicht einmal, wenn es um den Glauben ging. Und er war stolz darauf, dass Abraham sein Freund gewesen ist. Wie er von ihm erzählt hat! Von ihrer Wasserpumpe, als sei es ein biblisches Gleichnis! Weiß der Teufel, was die beiden und ihre Spießgesellen alles so angestellt haben ... Neidisch war ich schon, das gebe ich zu. Eine Freundschaft mit einem solchen Typen, die fällt einem ja nicht in den Schoß. Ich habe Papa über Abraham reden hören und mit eigenen Augen gesehen, wie der Alte ihn gewaschen und gefüttert hat.

Über seine Frauengeschichten hat er nichts rausgelassen. Ich weiß immer noch nicht, ob hier vielleicht jüngere Geschwister von mir herumlaufen. Eines Tages gehe durch dieses Kilimatinde und jemand sagt plötzlich zu mir: Hallo, Bruderherz! Wie läuft's denn so? Dann guck ich ganz schön blöd aus der Wäsche. Weiß der Henker, was er mir noch alles hinterlassen hat … Abraham meint, das müsse ein Sohn selbst herausfinden. Kann mir einer verraten, wie das geht? Bisher war mein Leben übersichtlich für mich, jetzt nicht mehr … Ich sollte versuchen, wie ein Mann zu leben, hat er mir gesagt. Wie sich das anhört! Gut, dass Valerie nicht dabei war … Aber wer weiß? Vielleicht hätte es ihr sogar gefallen. Was er darunter verstanden hat, muss ich erst noch herausfinden … Ich muss sowieso alles neu ordnen, irgendwie. Ist mir auch eigentlich egal im Moment.«

Seine Tränen liefen, ohne dass er im Sprechen innehielt. Er versuchte, mit fester Stimme zu reden, doch sie begann manchmal zu wimmern wie das Blatt einer Säge. Er war noch nicht fertig.

»Sag mir mal einer so deutlich, dass ich es auch verstehe, was ihm Gott bedeutete. Und warum der ihn eines Tages verlassen hat wie ein beleidigter Liebhaber. Vielleicht war Geldermann ja nur mit seinen Vorstellungen am Ende? Da bin ich aber mal gespannt, was Abraham mir dazu sagt. Und weshalb einer wie Geldermann mehr als fünfundzwanzig

Jahre hier herumhängt – und nicht mehr nach Hause will! Das möchte ich genauer von ihm wissen. Von wem denn sonst?! Papa hielt es ja nicht für nötig, mal konkreter zu werden! Und was mein Alter eigentlich hier gemacht hat die ganzen Jahre. Leere Schule, leere Kirche, keinen ordentlichen Brunnen, keinen Kindergarten oder sonst etwas, um das sich Weiße normalerweise in Afrika kümmern. Mein Gott, es muss doch einen Sinn gehabt haben, oder? Niederlagen sollen sinnvoll sein?! Hat er sich da was eingeredet? Aber vielleicht habe ich ihn nicht richtig verstanden, verflucht noch mal! Es war eine so kurze Zeit! Er wollte den Eltern in ihrem Elend Mut machen, dass sie ihre Kinder morgens fröhlich wecken. Das klingt ja ganz gut und Geldermann sah mich dabei so glücklich an! Irgendwie habe ich ihn in solchen Augenblicken um seine Sicherheit beneidet, den Alten. Wie er davon geredet hat, Gott sei sein Begleiter für vierundzwanzig Stunden am Tag gewesen ... Und es sei nicht so wichtig, ob ich an Gott glaube; wichtiger sei, dass er an mich glaubt! ... Der stellte alles auf den Kopf! ... Er hat mich gefragt, was denn meine Lebensgrundlage sei. Ziemlich viel verlangt, finde ich, wenn man seinen Sohn sechzehn Jahre lang nicht mit dem Arsch angeguckt hat.«

Nick wurde plötzlich erregt und sprach zornig weiter.

»Und – hinter meinem Rücken – jahrelang diese Briefe an meine Mutter! Was hat das zu bedeuten? Hätte ich sie nicht zufällig gefunden, hätte ich nichts davon erfahren. Ich werde sie nicht lesen, das muss ich mir nicht antun. Wenn ich sie dem Blödmann Grünenberg zeige, ist zu Hause der Teufel los!«

Er lächelte schief.

»Ich verbrenne sie, verlasst euch drauf! Das ist das Erste, was ich tu! Ins Feuer, das war's! Aber ich kann sie hundertmal verbrennen, für mich sind sie da! Für immer! Mit allen Folgen. Wenn ich zum Beispiel meine Mutter treffe ... Aber das ist im Moment nicht so wichtig. Ich glaube, ich mach jetzt mal Schluss. Ich komme gleich zum Friedhof, das bin ich ihm schuldig. Ich habe noch über eine Menge nachzudenken. Ich habe es eilig damit, verdammt! Aber die Beerdigung muss schon sein, die letzte Ehre für Mister Heinrich Gotthold Geldermann, den sein ruppiger Vater Henn nannte – dabei war er selber ein ruppiger Typ! Mein Vater mit den schweren Schuhen, der harten Hand, dem unerschütterlichen Glauben, mit Kumpanen, die wie die letzten Penner herumlaufen, mit der Ginflasche *Black Cock* neben sich und seinen Umarmungen, mit denen er mir fast die Rippen gebrochen hat. Was ist mit seinen Geschichten, die er mir nicht mehr erzählen konnte!? Ich hätte ihm gerne länger zugehört. Das könnt ihr mir glauben, verdammt noch mal! Jetzt begreife ich langsam, dass er nicht mehr bei mir ist ... Die Nächte neben ihm vor dem Haus, wenn die Schakale über den Platz huschen und er mir unvermutet zärtlich über den Kopf streicht ... Wie soll ich da Ordnung hineinbringen? Ein bisschen Zeit muss ich mir schon geben dafür, fürchte ich ... Mal sehen, eines Tages vielleicht. Amen.«

Er musste plötzlich lachen und in der Menge der stummen Zuhörer breitete sich dieses Lachen aus, wurde zu einer

Kaskade, die in Gesänge überging. Jemand schlug eine Trommel und die Gemeinde kam mit Tanzschritten in Bewegung.

Nick stieg die Stufen vom Altar hinunter. Hände streckten sich ihm entgegen und fassten ihn an, streichelten ihn – und er war plötzlich wie ein Kind, das Trost im Übermaß bekommt.

Eigentlich ist dieses Kilimatinde so schlecht nicht, wenn man die Leute hier näher kennt, dachte er und lächelte in die Gesichter von Frauen, von Männern, die ihren Arm um seine Schultern legten oder seine Hände ergriffen, in die Gesichter der Kinder, die aus der Tiefe des Gedränges mit großen Augen zu ihm aufschauten und ihn berühren wollten. Wer bin ich eigentlich, dass sie mich anfassen und mich so ansehen? Meinen sie mich oder meinen Papa? Ist eigentlich egal, dachte Nick.

Nach der durchwachten Nacht und nach der Erregung der letzten Stunde überfiel ihn der Wunsch nach einem Augenblick des Alleinseins. Ohne sich um die anderen zu kümmern, entfernte er sich von der Trauergemeinde und ging durch den staubigen Weg und das Dorngestrüpp auf einen Felsvorsprung zu, den man in Kilimatinde *The Point* nennt, von wo aus man weit über die Sümpfe von Bahi blicken kann.

Nick sah auf ein Gewirr von Pflanzen, Moosen, einzelnen Bäumen und das Wasser. Es war eine Traumlandschaft, über der die Sonne ihre Ruhestätte eingerichtet hatte und wo sie spielerisch Spiegelflächen und diesige Wüsten schuf. Ein schöner Platz, dachte Nick. Hier hat Papa vielleicht oft gestanden und es gemocht. Und plötzlich wusste er, als sei ein Nebelvorhang zerrissen, dass er schon einmal als Kind hier gestanden hatte, dass dies eine Stelle war, die er kannte, immer gekannt hatte.

Vielleicht ist nichts verloren, was vergessen ist, dachte er.

Er ging ein paar Schritte auf und ab, guckte über die Klippe, nahm wie ein Junge, der sich die Zeit vertreibt, einen Stein auf und versuchte ihn über das Riff ins Wasser zu werfen. Der Stein fiel in irgendwelche Büsche, die er nicht sehen konnte. Er hörte nicht einmal den Aufschlag. Viel zu weit.

Dann ging er noch einmal zum Haus seines Vaters zurück. Er war in bester Stimmung und seine Schritte waren leicht. Er betrat das Schlafzimmer seiner Eltern, nahm die Briefe aus dem Schrank und machte sich auf den Weg zur Kirche. Als er vor dem wackligen Gebäude stand, dachte er: Sie hat verdammt lange gehalten, Mr Geldermann. Er trat an den Altar, legte die Briefe auf das trockene morsche Holz und zündete sie an. Er wartete, bis die Flammen das Holz des Altars gegriffen hatten, und ging zügig zum Friedhof, der in einer verlassenen Ecke an einem Felsen angelegt war. Zwei Gräber hatten zerbröckelte Gedenksteine, ein schiefes rostiges Eisenkreuz ragte auf, alle anderen Gräber waren als flache, von Unkraut überwucherte Hügel erkennbar.

Unter einem Felsvorsprung wurde der tote Heinrich Gotthold Geldermann mit Gesängen in die Erde gelegt. Niemand schien darauf zu achten, dass hinter den Akazien Rauch und Flammen aufstiegen.

Zwei Männer schaufelten das Grab zu und die Menschen gingen in alle Richtungen auseinander. Nick nahm auf dem Rückweg den alten Abraham beiseite und drückte ihm einen Packen Dollarnoten in die Hand.

»Ist von Rolf Haferkamp«, sagte er. »Baut euch eine neue Kirche. Nehmt nicht das billigste Holz. Oder baut sie gleich aus Steinen. Wenn das Geld nicht reicht, schickt er euch, was noch fehlt ... Ich kümmere mich darum.«

Übersetzung und Erklärung einiger Begriffe

Ale ubite mu mbeko ye cilimila
   Geh fröhlich im Schatten der Plejaden (Wagogo-Gruß)

mzungu
   Kisuaheli-Bezeichnung für Weiße (*wazungu* ist der Plural)

walimu
   Lehrer

Wagogo
   Volksgruppe bei Kilimatinde. Ihre Sprache ist das Kigogo.

Zur Niederschrift dieses Buches erhielt der Autor ein Arbeitsstipendium des Ministeriums für Städtebau und Wohnen, Kultur und Sport des Landes Nordrhein-Westfalen.

1 2 3   05 04 03
Copyright © by Carlsen Verlag GmbH, Hamburg 2003
Umschlag: Wolf Erlbruch
Umschlagtypografie: Doris K. Künster
Lektorat: Ulrike Schuldes
Gesetzt aus der Bembo von Dörlemann Satz, Lemförde
Umschlaglithografie: Die Druckmeister, Norderstedt
Druck und Bindung: Pustet, Regensburg
ISBN 3-551-58117-7
Printed in Germany

Der kluge Klick: www.carlsen.de